双葉文庫

はぐれ長屋の用心棒

七人の用心棒

鳥羽亮

目次

第一章　飲兵衛十兵衛　7
第二章　用心棒たち　53
第三章　正体　102
第四章　人質　152
第五章　対面　201
第六章　逆襲　250

この作品は双葉文庫のために書き下ろされました。

七人の用心棒　はぐれ長屋の用心棒

第一章　飲兵衛十兵衛

一

お吟《ぎん》は、華町源九郎《はなまちげんくろう》の胸に肩先を押し付け、

「旦那ァ、また来ておくれよ」

と、甘えるような声で言った。

お吟と源九郎がいるのは、深川今川町《いまがわちょう》にある小料理屋、浜乃屋《はまのや》の店先だった。

お吟は、浜乃屋の女将《おかみ》である。

源九郎はお吟に身を寄せて腰の辺りに腕をまわし、

「近いうちにな」

そう言って、チラッとお吟の胸元に目をやった。色白の首筋と胸の谷間が、ほ

んのりと朱に染まり、酒と脂粉《しふん》の匂いがした。蕩《とろ》けるようないい匂いである。

「あたし、旦那がいないと寂しいの」

お吟は、さらに源九郎の肩先に肩を押しつけてきた。

「きっと、来る。二、三日のうちにな」

源九郎が、鼻の下を伸ばして言った。

ただ、いつ来られるか、当てはなかった。いまは、懐に銭がわずかに残っているだけである。

お吟は色っぽい年増《としま》だったが、源九郎は還暦にちかい老齢で、隠居の身だった。しかも、源九郎は武士でありながら、長屋暮らしである。源九郎の生業《なりわい》は傘張りだが、それだけでは暮らしていけず、華町家からの合力でなんとか口を糊《のり》していた。

今日も、できた傘を丸徳《まるとく》という傘屋にとどけ、すこしばかり懐が暖かくなったので、贔屓《ひいき》にしている浜乃屋に足を運んできたのだ。

「旦那、あたしも長屋に行くからね」

お吟が、源九郎の耳元に口を近付けて言った。

「待ってるぞ」

そう言って、源九郎はお吟の尻《しり》をスルリと撫《な》でた。

還暦にちかい年寄りと色っぽい年増が、これだけ親密なのには理由《わけ》があった。長屋住まいの隠居と、小料理屋の女将という関係だけではなかったのだ。

お吟は、浜乃屋の女将に収まる前、袖返《そでがえ》しのお吟と呼ばれる女掏摸《すり》だった。そのお吟が、源九郎の懐を狙って押さえられたのだが、お吟の父親の栄吉《えいきち》が、代わりに自分を捕らえてくれと訴えた。

源九郎は栄吉の娘を思う心に打たれ、ふたりを見逃した。その後、お吟と栄吉が掏摸仲間のいざこざに巻き込まれ、栄吉は命を落とし、お吟の身も危うくなった。そのとき、源九郎はお吟を助け、ともに掏摸仲間と闘ったのだ。そうした関係のなかで、ふたりは情を通じ合うような仲になったのである。

ところが、掏摸仲間と闘った後、源九郎はお吟と距離を置くようになった。還暦にちかい長屋暮らしの貧乏牢人と、お吟のような粋な年増では、あまりに釣り合いがとれないと思ったからだ。それで、源九郎は懐が暖かいときだけ、客として浜乃屋に来るようになったのである。

「お吟、また来るからな」

源九郎はそう言って、浜乃屋の戸口から離れた。

六ツ半（午後七時）ごろだった。辺りは、淡い夜陰につつまれている。

お吟は店先に立って源九郎を見送っていたが、源九郎の後ろ姿が夜陰のなかに遠ざかると踵《きびす》を返した。

源九郎は、ひとり暗い路地を歩きだした。いっとき歩くと、大川端の通りに出た。日中はひとが行き交っている通りも、今は人影がなかった。大川の流れの音だけが轟々《ごうごう》と耳を聾《ろう》するほどに聞こえてきた。

大川の黒ずんだ川面が、月光を映じて銀色《しろがねいろ》の無数の波の起伏を刻みながら永代橋《えいたいばし》の彼方までつづいている。

源九郎は大川端の道を川上にむかって歩いた。源九郎の住む長屋は本所相生町《あいおいちょう》にある伝兵衛店《でんべえだな》という棟割り長屋である。

もっとも、伝兵衛店と呼ぶ者はすくなく、はぐれ長屋の方が通りがよかった。食い詰め牢人、その日暮らしの日傭取り《ひようと》、その道から挫折した商人、大道芸人など、はぐれ者が多く住んでいたからである。

源九郎は大川端の道を歩きながら、

……いい歳をして、お吟の尻を撫でて喜んでいてはいかんな。

と胸の内でつぶやいたが、顔はニヤニヤしている。まだ、心地好い酔いが、残っているせいだろう。

やがて、前方に竪川《たてかわ》にかかる一ツ目橋が見えてきた。橋を渡れば、はぐれ長屋のある本所相生町に出られる。

源九郎が、橋のたもとまで来たとき、渡った先の竪川沿いの通りで、剣戟《けんげき》のひびきと気合が聞こえた。音のした方に目をやると、白刃《はね》が月光を反射て、キラッ、キラッと銀色にひかっている。

……斬り合いか！

数人の人影が見えた。

源九郎は小走りになった。橋の上まで行くと、六人が入り乱れて闘っている。いや、ひとりの武士が、三人の武士を相手に闘っているようだ。六人で闘っているように見えたのは、ひとりの武士の背後に、ふたりの人影があったからだ。

ひとりの武士の背後にいるのは、女と子供らしかった。子供は、小袖に袴姿だった。武士の子らしい。まだ元服前らしく前髪が残っていた。

……安田《やすだ》ではないか！

源九郎が胸の内で叫んだ。

三人の武士を相手に闘っている武士は、安田十兵衛《じゅうべえ》だった。半年ほど前、源九郎の住むはぐれ長屋に越してきた牢人である。大酒飲みで、長屋の住人から陰で飲兵衛十兵衛と呼ばれている。安田も、はぐれ者のひとりだった。

安田は三人の武士を相手に、背後にいる女と子供を守ろうとしているようだ。源九郎は、安田が一刀流《いっとうりゅう》の遣い手であることは知っていたが、相手が三人では、後れをとるかもしれない。

源九郎は走った。事情は分からなかったが、安田が斬られるのを見過ごすことはできなかった。

「待て、待て」

源九郎は、安田に走り寄って声をかけた。

三人の武士は、闘いのなかにいきなり飛び込んできた源九郎を見て、驚いたような顔をした。

「おお！　華町どの、いいところに来た。手を貸せ」

安田が声を上げた。

「ど、どういうことだ」

源九郎が、声をつまらせて言った。走って来たので、息が上がったのである。歳のせいか、源九郎は走るのが苦手だった。

「どういうことか、おれにも分からん」

安田は、正面に立っている大柄な武士に切っ先をむけ、

「こいつらに、聞いてくれ」

と、叫んだ。

安田の顔が赭黒《あかぐろ》く染まっていた。息が酒臭い。源九郎と同じように、どこかで飲んだ帰りらしい。

二

「老いぼれ、そこを退《ど》け!」

大柄な武士が、威嚇《いかく》するように言った。

羽織袴姿で、大小を帯びている。三十がらみであろうか、眉《まゆ》の濃い眼光の鋭い男だった。他のふたりも、同じような武士体だった。三人は、辻斬りや追剝《おいは》ぎの類《たぐい》ではないようだ。

「こ、この男は、わしの知り合いでな。このまま、見過ごすわけには、いかんのだ」

源九郎が、安田の脇に立って言った。

「斬られたいのか」

大柄な武士の右手にいた瘦身《そうしん》の武士が、源九郎を見すえて言った。顎《あご》のとがった目の細い男である。

「斬られたくないな」

源九郎は、大きく息を吐いた。すこしでも間をとって息を整えようとしたのだ。

「ならば、手を出すな」

大柄な武士が言った。

「事情は知らぬが、おぬしたちが手を引けばな」

「なに！　年寄りだとて、容赦しないぞ」

大柄な武士が顔に怒りの色を浮かべ、切っ先を源九郎にむけた。

「やるしかないようだな」

源九郎は刀の柄《つか》に手をかけた。このまま、引き下がるような相手ではないようだ。

「老いぼれ、やる気か」

瘦身の武士が、驚いたような顔をした。見るからに頼りなげな年寄りが、刀を抜いて立ち向かってくるとは思わなかったのだろう。

源九郎は刀を抜いた。そして、青眼に構えると、切っ先を大柄な武士の目線につけた。隙のない腰の据わった構えである。

源九郎は巨漢ではなかったが、大柄だった。首は太く、腰もどっしりとしていた。ただ、丸顔で、すこし垂れ目である。どことなく茫洋《ぼうよう》とした顔付きだが、その顔がひきしまり、大柄な武士を見すえた双眸《そうぼう》は鋭かった。

源九郎は鏡新明智流《きょうしんめいちりゅう》の達人だった。

鏡新明智流は桃井八郎《もものいはちろう》が編み出したもので、日本橋茅場町《かやばちょう》に士学館《しがくかん》と称する道場をひらいて流名をひろめた。さらに、二代目を継いだ桃井春蔵《しゅんぞう》が、八丁堀大富町《おおとみちょう》蜊河岸《あさり》に道場を移した。その後、後継者は代々桃井春蔵を名乗り、多くの門人を集めた。

源九郎は、十一歳のときに士学館に入門して腕を上げた。剣で身をたてたいという願いがあり、熱心に稽古にとりくんだのだ。くわえて、剣の天稟《てんぴん》もあったらしい。ところが、父が病で倒れて家督を継いだこともあって、源九郎は二十代半ばで士学館をやめてしまった。

その後、源九郎は自分なりに稽古をつづけていたが、剣で身をたてたいという気持ちも失せ、五十石取りの御家人として安穏と暮らしてきた。そして、倅の俊《しゅん》之介《のすけ》が君枝《きみえ》という嫁をもらったのを機に家を出て、伝兵衛店で気儘《きまま》な隠居暮らしを始めたのである。

源九郎と対峙《たいじ》した大柄な武士は、八相に構えた。両肘を高くとり、刀身を垂直に立てている。大きな構えである。

源九郎と大柄な武士の間合はおよそ三間半――。まだ、一足一刀の斬撃の間境の外である。

……遣い手だ！

と、源九郎は察知した。

大柄な武士の八相の構えには隙がなく、腰が据わっていた。全身に気勢が満ち、上から覆い被《かぶ》さってくるような威圧感がある。

一方、大柄の武士の顔にも、驚いたような表情があった。源九郎の構えをみて、遣い手と察知したからであろう。

源九郎と大柄な武士は、青眼と八相に対峙したまま動かなかった。お互いが斬撃の気配を見せ、気魄《きはく》で相手を攻めている。

　このとき、安田は痩身の武士と対峙していた。安田は剣尖《けんせん》を相手の胸のあたりにつける低い青眼に構えていた。

　対する痩身の武士も相青眼に構えたが、剣尖はやや高かった。安田の目線につけられている。

　痩身の武士も遣い手らしかったが、切っ先が小刻みに震えていた。真剣勝負で気が昂《たかぶ》り、肩に力が入っているらしい。

　安田の切っ先が、ピクピクと上下していた。切っ先だけではない。安田の体が、前後に動いている。

　安田の独特の構えだった。切っ先や体を動かしながら、一瞬の隙をついて斬り込むのである。安田は、これまで多くの真剣勝負を経験していた。そうした闘いのなかで、身につけた喧嘩殺法といっていい。

　もうひとり、中背の若い武士がいた。若い武士は安田の左手にまわり込み、八相に構えていた。ただ、安田との間合は、四間ほどあった。若い武士は安田と痩身の武士の動きを見て、斬り込むつもりのようだ。

「行くぞ！」

　安田が間合をつめ始めた。

切っ先を小刻みに動かしながら、摺《す》り足で痩身の武士との間合をつめていく。

対する痩身の武士は、動かなかった。相青眼に構えたまま全身に気勢を込め、斬撃の気配を見せている。

ふいに、安田の寄り身がとまった。斬撃の間境まで、あと一歩の距離である。

タアッ！

突如、安田は鋭い気合を発し、一歩踏み込み、つッ、と切っ先を突き出した。相手に斬り込ませるための誘いである。

次の瞬間、痩身の武士に斬撃の気がはしった。

イヤアッ！

甲走《かんばし》った気合を発し、痩身の武士が斬り込んできた。安田の誘いに乗ったらしい。

青眼から真っ向へ――。

オオッ！　と、安田は気合を発し、右手に跳びながら刀身を袈裟《けさ》に払った。一瞬の太刀捌《たちさば》きである。

痩身の武士の切っ先は、安田の肩先をかすめて空を切り、安田のそれは、痩身の武士の右の二の腕をとらえた。

瘦身の武士の右袖が裂け、あらわになった二の腕に血の線がはしり、手にした刀を取り落とした。右腕がだらりと垂れている。深い傷らしい。

瘦身の武士は恐怖に顔をひき攣《つ》らせ、後ずさりすると、

「腕をやられた！」

と、悲鳴のような声を上げ、反転して走りだした。

これを見た大柄な武士が慌てて身を引き、源九郎との間合をとると、

「引け！」

と、もうひとりの若い武士に声をかけ、瘦身の武士の後を追って走りだした。

すぐに、若い武士も反転して、ふたりの武士の後を追った。

三

源九郎は三人の武士が遠ざかると、手にした刀を鞘《さや》に納めて女と子供に目をやり、無事なのを見てから、

「安田、どうしたのだ」

すぐに、安田に訊《き》いた。

「い、いや、仕事の帰りにここを通りかかったら、ふたりに、あいつらが……」

安田によると、三人が女と子供に斬りかかろうとしているのを目にして、助けに入ったという。

源九郎は、蒼《あお》ざめた顔で身を顫《ふる》わせている女と子供に近付くと、

「親子かな」

と、訊いた。女は三十歳ほどに見えた。ふたりの顔が似ていたので、源九郎は母子とみたのである。

「は、はい……」

女が声を震わせて名乗った。名はおはまで、男児は長太郎《ちようたろう》だという。

「うむ……」

親子にしては、妙である。おはまは町人としか見えないし、長太郎は武士の子のようである。

源九郎は、何か事情があるようだと思ったが、そのことには触れず、

「ふたりを襲った三人は、何者なのだ」

と、訊いた。三人が何者か知れれば、おはまたち親子の素姓も分かるのではないかと思ったのである。

安田も源九郎の脇にきて、おはまと長太郎に目をやっている。

「わ、分かりません」

おはまが、声を震わせて言った。

「三人を知らないのか」

「は、はい……」

おはまが答えると、安田が首をひねりながら、

「追剝ぎには、見えないし……」

と言った後、急に小声になって、手込《てごめ》にしようとしたのではないようだし、とつぶやいた。

「三人の顔を見たこともないのか」

源九郎があらためて訊いた。

「はい」

おはまが、答えると、

「おれも、見たことはないぞ」

そばにいた長太郎が、身を乗り出すようにして言った。十一、二歳であろうか、潑剌《はつらつ》とした子である。

「うむ……」

源九郎はいっとき口をつぐんだ後、

「それで、ふたりはどこへ行こうとしていたのだ」

と、訊いた。

「そ、それが、行き場がないのです」

おはまが急に縋《すが》るような目を源九郎にむけ、助けてください、と涙ぐんで言った。

「ふたりは、どこから来たのだ」

源九郎がおはまに小声で訊いた。

「み、緑町《みどりちよう》から来ました」

本所緑町は相生町の東方にあり、竪川沿いにひろがっている。この場から竪川沿いの道を東にむかって歩けば、そう遠くはない。

おはまが、声を震わせて話したことによると、知り合いの橋本弥之助《はしもとやのすけ》という武士が、おはまと長太郎の住む借家に来て、「ここを、襲おうとしている者たちがいる。すぐに、逃げねば、ふたりとも殺される」と知らせ、おはまは長太郎を連れて、緑町の家を出たという。

「緑町の家を出て二ツ目橋のたもとを過ぎたとき、さきほどの三人が、襲ってきました」

おはまが、さらに話をつづけた。

すると、橋本が、「ふたりは、逃げてくれ。おれが、三人を食いとめる」と言って、おはまと長太郎を逃がした。

そして、おはまと長太郎が、ここまで逃げてきたとき、三人に追いつかれ、あわやというところへ、安田が通りかかったのだという。

「すると、橋本という武士は、三人に斬られたのか」

安田が訊いた。

「わ、分かりません……」

おはまが、声を震わせて言った。

「うむ……」

源九郎は胸の内で、橋本は斬られたようだ、と思ったが、そのことは口にせず、

「緑町の家にもどれば、また三人に襲われる恐れがあるのだな」

と、念を押すように訊いた。

「そ、そうです」

おはまは、源九郎と安田に目をむけ、

「わたしはどうなっても、いいのですが、この子は」

と言って、長太郎の肩に手をまわして抱き締めた。

長太郎は口をへの字にひき結び、

「母上といっしょに行く」

と、強い声で言った。長太郎が母上と呼んだことからみても、おはまは長太郎の母親に間違いないようだ。

すると、安田が母子に身を寄せ、

「ひとまず、おれたちの長屋に来るか。いつまでも、この場に立っているわけにはいかないからな」

と、妙にやさしい声で言った。安田は飲兵衛で勝手気儘な暮らしをしているが、情にもろいところがある。

源九郎は安田に身を寄せ、「どこに、泊めるのだ」とささやいた。

「おれのところだ」

「おまえのところに、ふたりを泊めるのか」

「そうだ。……おれは、おまえのところに厄介《やっかい》になる」

安田が当然のような顔をして言った。

「仕方ないな」

源九郎も、ふたりをはぐれ長屋に連れていくしかないような気がした。ここで、ふたりを見捨てて長屋に帰る気にはなれなかったのだ。はぐれ長屋は近かった。竪川沿いの道をすこし歩いて路地に入れば、長屋の前に出られる。

安田はおはまと長太郎を連れて歩きながら、

「華町、ふたりで一杯やろう」

と、源九郎に身を寄せてささやいた。

源九郎は、まだ、この男は飲む気になっている、と胸の内でつぶやいたが、黙っていた。源九郎も、すっかり酔いが覚めてしまったので、酒でも飲まなければ、眠れそうもないと思った。

四

シトシト、と雨が降っていた。源九郎は、眠い目をこすりながら夜具から身を起こし、小袖に着替えた。

座敷の隅で、安田の鼾《いびき》が聞こえた。布団から座敷に転がり出し、大口をあけて眠っている。昨夜も、安田は大酒を飲んで寝たのだ。

源九郎と安田が一ツ目橋のたもとで、おはまと長太郎を助けて三日目だった。まだ、ふたりは、安田の家に泊まっていた。そのため、安田は源九郎の部屋で、寝起きしていたのである。

「どうせ、雨だ。もうすこし、寝かせておいてやるか」

源九郎はそうつぶやいて、座敷から土間へ下りた。土間の隅の流し場で顔を洗おうと思ったのだ。

源九郎が顔を洗っていると、ピシャピシャと雨のなかを歩いてくる足音が聞こえた。聞き覚えのある下駄《げた》の音である。

……来たな。

と、源九郎は胸の内でつぶやき、肩にかけた手ぬぐいをとって顔を拭いた。

足音は腰高障子の前でとまり、

「華町、いるか」

と、菅井紋太夫《すがいもんだゆう》の声が聞こえた。菅井も、はぐれ長屋の住人だった。源九郎や安田と同様、はぐれ者のひとりである。

「いるぞ」

源九郎が声をかけると、すぐに腰高障子があいて菅井が顔を出した。

菅井は、大きな風呂敷包みを抱えていた。土間に入ると、傘を土間の隅に置き、

「おい、安田はまだ寝てるのか」

座敷で鼾をかいている安田を見て、顔をしかめた。

菅井は肩まで伸びた総髪だった。頬がこけ、顎がとがっている。その般若《はんにゃ》のような顔に、濡れた髪が垂れさがっていた。その顔は、雨に濡れた貧乏神か幽霊のようである。

「昨夜、飲んだからな」

源九郎はそう言った後、「何の用だ」と菅井に訊いた。

「雨が降れば、これに決まっている」

菅井は、手にした風呂敷包みを前に出して見せた。

飯櫃《めしびつ》の上に、将棋盤と駒の入った小箱が載っている。

「将棋か」

「握りめしを食いながらな」

そう言って、菅井は目を細めた。どうやら、飯櫃のなかに握りめしが入っているらしい。菅井が握ったのであろう。

菅井は無類の将棋好きだったが、それほど強くない。下手の横好きというやつである。

菅井は五十がらみだった。独り者で、はぐれ長屋に住んでいた。ふだんは、両国広小路《ひろこうじ》で、居合抜きの大道芸で暮らしをたてていたが、雨の日は見世物に出られないので、源九郎の家に将棋を指しにくることが多いのだ。

大道芸とはいえ、菅井の居合の腕は本物だった。田宮流《たみやりゆう》居合の達人だったのである。

「いやか」

「いやなものか、そろそろ菅井が来るころだと思い、顔を洗って待っていたのだ」

源九郎が、待っていたのは菅井が持参する握りめしである。

菅井は几帳面《きちようめん》なところがあり、独り暮らしだが、夕めしの折に翌朝の分もきちんと炊くのだ。

菅井は勝手に座敷に上がると、

「さァ、やるぞ」

と、声を上げ、将棋盤に駒を並べ始めた。

「では、いただくか」

源九郎は飯櫃の蓋《ふた》をとった。

握りめしが六つ、並べてあった。脇の小皿に薄く切ったたくわんもあった。菅井が、朝めしとして用意したのである。

「おい、ふたつ多いな」

源九郎が握りめしを左手でつかんで言った。これまで菅井が持ってきたのは、ひとりふたつずつで、握りめし四つのときが多かった。

「安田も、起きているかと思ってな」

「そうか」

どうやら、菅井は安田の分も用意してくれたようだ。

源九郎と菅井が駒を並べ終わり、将棋を指し始めたとき、安田が目を覚ました。駒を打つ音が耳に入ったのだろう。

安田は身を起こし、ふたりが将棋を指しているのを目にすると、身を起こし、

「将棋か」

と言って両手を突き上げ、大欠伸《おおあくび》をした。

「安田、顔を洗ってこい。握りめしもあるぞ」

源九郎が将棋盤に目をやりながら言った。

「ありがたい。……腹が減って、目が覚めたようだ」

そう言って、安田は立ち上がると、はだけた小袖を着直して土間に足をむけた。昨夜、安田は小袖のまま寝てしまったのだ。

安田は流し場で顔を洗って座敷にもどると、将棋盤の脇に腰を下ろし、

「いただくぞ」

と言って、飯櫃に手をつっ込んだ。

「安田、握りめしは、ただではないぞ」

菅井が飛車を手にし、将棋盤を睨《にら》みながら言った。飛車をどう動かすか、迷っているらしい。

「銭を払うのか」

安田が握りめしを手にしたまま訊いた。

「銭ではない。将棋だ、将棋。……握りめしを食った者は、おれと将棋を指すことになっているのだ」

菅井がパチリと飛車を打った。

「お、おれの将棋は、へぼだ」

そう言って、安田は握りめしにがぶりと食らいついた。

「飛車角抜きで、指してもいいぞ」

菅井が目を細めて言った。安田の将棋の師匠にでもなったような気分なのかもしれない。

そのとき、戸口に近付いてくる下駄の音がした。また、だれか源九郎の家を覗《のぞ》きにきたようだ。

腰高障子があいて、姿を見せたのは茂次《しげじ》だった。茂次もはぐれ長屋の住人である。

「おっ、やってやすね」

茂次は勝手に座敷に上がり、将棋盤の脇に腰を下ろした。

「茂次の分まで、握りめしはないぞ」

菅井が将棋盤を見つめながら言った。顔に笑みが浮いている。形勢が、菅井にかたむいているようだ。

源九郎は握りめしを食いながら指していたこともあり、気持ちが将棋に集中できなかったのだ。

「あっしは、朝めしを食ってきやした」

茂次がニヤリとした。女房のお梅《うめ》と差し向かいで食ったのを思い出したのかもしれない。茂次には子供がなく、女房のお梅とふたり暮らしだった。まだ、新婚気分が残っているのだろう。

「旦那たちは、知ってやすか」

茂次が声をあらためて言った。

「何のことだ」

源九郎が訊いた。

「お熊《くま》とおまつが、話してたのを耳にしたんですがね。二本差しが、安田の旦那のところにいるおはまさんと長太郎のことを、長屋の者に訊いてたそうですぜ」

茂次が男たちに目をやりながら言った。

「なに、武士がおはまたちのことを訊いていたと」

源九郎が、駒を手にしたまま茂次に目をやった。

「へい、お熊たちが話してやした」

「それで、相手の武士の名は聞いたのか」

源九郎が言った。

安田の目も、茂次にむけられた。おはまたちのことを訊いた武士のことが、気になったのだろう。

菅井だけが、将棋盤を睨んでいる。

「名は聞いてねえようだが、華町の旦那ぐれえな年格好の二本差しと言ってやしたぜ」

「歳は、おれと同じぐらいだと」

源九郎は、おはまたちを襲った三人組の武士ではない、と思った。源九郎ほどの歳の者はいなかったのだ。

源九郎が茂次と話していると、

「おい、華町の番だぞ」

菅井が声を大きくして言った。

菅井は、源九郎の気持ちが将棋から離れているのが気になったらしい。このまいけば勝てそうなので、何としても将棋をつづけたいのだろう。

「おお、そうか」

源九郎は、慌てて歩《ふ》を動かした。適当に指したのである。将棋を指す気は失せていたのだ。

五

翌朝は、晴天だった。源九郎はめずらしく小桶を持って井戸端に出かけ、釣瓶《つるべ》で水を汲んで顔を洗った。安田は、いなかった。昨夜、菅井に、飲みながら将棋をやろう、と誘われて、菅井の家に泊まったのだ。安田は酒に誘われたのである。

ふたりは、夜通し将棋をやったのかもしれない。菅井も源九郎と同じ独り暮しだったので、安田が寝泊まりするのに支障はなかった。

源九郎は家にもどると、昨夕炊いためしを湯漬けにして食った。源九郎も、めしを炊くことがあったのだ。

源九郎が湯漬けを食った後、座敷で一休みしていると、戸口に近付いてくる下駄の音がした。下駄の音は戸口でとまり、

「華町の旦那、いますか」

と、お熊の声がした。

お熊は、源九郎の家の斜向《はす》かいに住んでいる。助造《すけぞう》という日傭取りの女房で、

歳は四十代半ばだった。子供はなく、夫婦だけで暮らしている。

お熊は樽のようにでっぷり太り、色気も洒落《しゃれ》っ気《け》もなかった。ただ、長屋の住人には好かれていた。がさつな感じのする風貌とちがって、心根はやさしかった。長屋の住人に困ったことがあると、親身になって助けてくれたのだ。お熊は独り暮らしの源九郎にも色々気を使ってくれた。煮染を余分に作って持ってきてくれたり、ときには繕い物をしてくれたりした。

「お熊、何の用だ」

源九郎が、湯漬けの入った丼を手にしたまま訊いた。

「旦那、来てますよ」

お熊は土間に立ったまま言った。

「何が来ているのだ」

「お侍がふたり、安田の旦那の家に」

「どんな武士だ」

源九郎が、身を乗り出すようにして訊いた。源九郎の脳裏に、おはまたちを襲った三人の武士のことがよぎったのだ。

「ひとりは、年寄りでしたよ」

お熊によると、年寄りと若い武士のふたりだという。

「そのふたり、長屋の者に、おはまたちのことを訊いた武士ではないか」

源九郎は、茂次が話していたことを思い出したのだ。

「そうですよ」

「安田と菅井にも、話したのか」

「おまつさんが、行きました」

おまつは、お熊の隣に住む辰次《たつじ》という日傭取りの女房だった。庄太《しようた》という子供がいる。お熊と馬が合うのか、いっしょに話していることが多かった。

「おれも、行ってみるか」

源九郎は残りの湯漬けを搔《か》っ込んで立ち上がった。

源九郎が土間から出ると、

「あたしも行くよ」

と言って、お熊がついてきた。

お熊は、でしゃばりで長屋に何かあると、どこにでも首をつっ込んでくる。もっとも、お熊だけではなかった。長屋の女房連中は、おせっかいででしゃばりが多い。

安田の家の戸口には、何人かの女房たちが集まっていた。子供や年寄りの姿もある。亭主たちはいなかった。長屋の多くの男は、働きに出ているのだ。

「通しておくれ」

お熊が声をかけると、女たちが身を引いて源九郎とお熊を通した。

「華町だ。入るぞ」

源九郎は声をかけてから腰高障子をあけた。

土間の先の座敷に、四人の武士が腰を下ろして何やら話していた。奥に、おはまと長太郎の姿もあった。

四人の武士は、菅井と安田、それにおはまたちを訪ねてきたらしい初老の武士と若い武士だった。

「おお、華町、ここへ来てくれ」

菅井が呼んだ。

源九郎は座敷に上がると、菅井の脇に座した。お熊は土間に立ち、

「お茶でも淹《い》れましょうか」

と、妙に丁寧な言葉遣いで、安田に訊いた。

「頼む。……まだ、湯も沸かしてないのだ」

安田が照れたような顔をして言った。

お熊は、「ちょっと、待っておくれ」と言い残し、土間から出ていった。自分の家で茶を淹れてくるのだろう。

「それがし、長屋に住む華町源九郎でござる」

源九郎はそう言って、初老の武士に頭を下げた。若い武士は、初老の武士の従者とみたのである。

「豊島紀右衛門《とよしまのりえもん》にござる。お仕えしている方の名は、ご容赦いただきたいが、さる旗本とだけ申し上げておきましょう。……おはまどのと長太郎をお助けいただいたそうで、それがしからもお礼を申し上げます」

豊島が丁寧な物言いで名乗った。

すると、脇に座していた若い武士が、

「それがし、里中弥之助《さとなかやのすけ》にございます。豊島さまの供としてまいりました」

と言って、源九郎に頭を下げた。

豊島は大身《たいしん》の旗本に仕える用人ではないか、と源九郎はみた。若い武士は、家士であろう。

「おはまどのを襲った三人の武士は、何者でござる」

源九郎は、おはまどのと呼んだ。豊島がそう呼んだからである。おはまは身装《みなり》からみても武家の妻女ではないらしいが、大身の旗本とかかわりがあるようだ。

「それが、分からないのだ」

豊島が眉を寄せて言った。

「なぜ、おはまどのたちが狙われたのか、その理由も分からないのかな」

さらに、源九郎が訊いた。

「そうなのだ」

豊島が小声で言って、視線を膝先に落とした。顔を憂慮の翳《かげ》がおおっている。

六

「ところで、おはまどのたちを助けようとした橋本どのは、どうされた」

源九郎が、おはまから聞いていた橋本のことを思い出したのだ。

「斬られました」

豊島が無念そうな顔をして言った。

豊島によると、橋本も豊島たちと同じ旗本に仕えていたという。何者かが、おはまと長太郎の命を狙っているという噂を耳にし、おはまたちの住む緑町の家に様子を見に来たそうだ。

「そのおり、橋本はおはまどのたちの住む家を襲おうとしている三人に気付き、急いで逃げようとしたらしいのだ」

豊島がそう言って、おはまの方に顔をむけると、

「そうです」

と、おはまが小声で答えた。

「橋本どのは、おはまどのたちを逃がすために、三人の武士と闘ったわけだな」

そのとき、橋本は三人の武士に斬られたらしい、と源九郎は思った。

安田も、うなずいている。おはまたちを助けた夜のことを思い出したのだろう。

「わしらは、橋本が帰らないので、翌日様子を見に緑町まで行ったのだ。そのおり、おはまどのたちが住んでいた家の近くで、斬られている橋本の姿を目にした」

豊島によると、その後何人かの家士とともに近所で聞き込み、おはまと長太郎が竪川沿いの道を西にむかって逃げたことを知り、さらに通り沿いで住人たちから話を聞いたという。

「一ツ目橋の近くで、たまたまこの長屋に住む者から、母と子供らしいふたりが、三日前から長屋で暮らしていることを耳にし、こうして伺《うかが》ったわけです」

「そういうことか」

源九郎が言った。

安田と菅井も、納得したらしくうなずいている。

そこまで話すと、次に口をひらく者がなく、座敷は沈黙につつまれたが、

「おはまどのと長太郎は、これからどうするのだ」

と、安田がふたりに目をやって訊いた。

「行く当てがないのです」

おはまが、困惑したように眉を寄せた。

「そのことで、ござる。……しばらく、この長屋で暮らすことはできまいか」

豊島が源九郎たちに目をやって訊いた。

「ふたりで、この長屋に住むのか」

思わず、源九郎が聞き返した。

「し、しかし、ここはおれの……」

安田が言いかけて、語尾を濁した。なぜか、顔が赤くなっている。おはまたち

といっしょに住むことになる、とでも思ったのだろうか。

おはまは、決まり悪そうな顔をして顔を伏せている。

「むろん、空いている家があればのことだが」

豊島が小声で言い添えた。

「空いている家はあるが……」

源九郎が言った。三月ほど前、手間賃稼ぎの大工だった盛助《もりすけ》という男が引っ越し、その家が空いたままになっていることを知っていた。

「大家に話してみるか」

源九郎は、おはまたちが長屋で暮らせるように大家に話してやってもいいと思った。

大家の伝兵衛は、長屋の裏手の借家に女房のお徳《とく》とふたりで住んでいた。伝兵衛長屋の持ち主は、深川海辺大工町《うみべだいくまち》に店をかまえている材木問屋、三崎屋東五郎《みさきやとうごろう》である。東五郎は材木問屋の他に各地に地所を持っていて、長屋の他に借家なども所有していた。伝兵衛が住んでいる借家も、東五郎が所有している。

伝兵衛は、二十年ほど前まで三崎屋の手代だったが、東五郎に頼まれて長屋の大家をやるようになったのだ。

源九郎たちは、長屋がならず者たちに嫌がらせを受けたとき、ならず者たちを退散させてやったことがあったので、頼めば聞いてくれるだろう。

「そうしてもらえるとありがたい」

豊島がほっとした顔をした。

「おはまどのたちは、しばらく長屋に住むのだな」

安田が、声を大きくして言った。

「お世話になります」

おはまがそう言って頭を下げると、脇に座していた長太郎もいっしょに頭を下げた。

「ところで、おはまどのたちを襲った三人だが、これで手を引いたわけではあるまい」

源九郎が声をあらためて訊いた。

「これからも、おはまどのたちは命を狙われる恐れがあるのだ」

豊島が顔をけわしくした。

「そうだろうな」

源九郎もこれで済んだとは思えなかったのだ。

「実は、そのことで、華町どのたちにおりいって頼みがある」

豊島が座敷にいる源九郎たち三人に目をやってから話をつづけた。

「この長屋に来る前、華町どのたちの噂を耳にしたのだ。これまで、多くの困ったひとたちを助けてきたそうでござるな」

「い、いや、たいしたことではない」

源九郎が言葉をつまらせて言った。

源九郎たちはぐれ長屋に住む何人かは、これまで無頼牢人に脅された商家の用心棒に雇われたり、盗賊から商家を守ったり、勾引《かどわ》かされた御家人の娘を助け出したりして、相応の礼金をもらってきた。そんな源九郎たちを、はぐれ長屋の用心棒などと呼ぶ者がいたのだ。

「実は、おはまどのたちに、しばらくこの長屋に住んでもらいたいと思ったのは、華町どのたちの噂を耳にしたからなのだ」

豊島が、さらに言った。

「だ、だが、おれたちも、仕事があるし……」

源九郎は語尾を濁した。おはまと長太郎を守るために、正体の知れぬ三人の武士と闘うには相当な覚悟がいる。それに、源九郎は別だが、他の男たちは仕事にも出られないだろう。

「そのことも、承知している」

豊島は、懐から袱紗《ふくさ》包みを取り出し、

「些少《さしょう》だが、これは依頼金でござる」

そう言って、袱紗包みを源九郎の膝先に置いた。

……百両か。

源九郎は、袱紗包みの膨らみぐあいから、切餅《きりもち》が四つ包んであるとみた。切餅は一分銀を二十五両分、紙で方形に包んだ物である。切餅四つで、ちょうど百両である。

源九郎は、豊島が百両もの大金を用意したことからみて、おはまと長太郎の身を守ろうとしている旗本は、そうとうの大身だろうと思った。

「これをいただく前に、訊いておきたいことがあるのだが」

源九郎が声をあらためて言った。

「なんでござろうか」

「相手が三人の武士というだけでは、日夜おはまどのたちのそばにいて、敵が襲ってくるのを待つしかないのだ」

相手が分かれば、こちらから攻める手もある、と源九郎は思ったのだ。

「……」

豊島が困惑したような顔をした。

「それに、三人の武士を討ち取れば、それで始末がつくのかな。……わしは、それだけでは始末がつかないような気がするのだが」

源九郎は、三人の武士の背後に大物がひそんでいるような気がしたのだ。

豊島はいっとき口をとじていたが、

「われらも、三人の武士を討ち取っただけでは、始末がつかないとみているのだが……。かといって、三人の武士の背後に何者がいるのか、分からないのだ」

と、苦渋の顔をして言った。

「ならば、背後にいる者たちも、われらで探らねばならないが、この金を出した方の名だけでも、教えてもらえまいか」

源九郎は、依頼金を出した者が知れれば、おはまたちとのかかわりも分かるし、三人の武士がおはまたちを狙う理由も知れるのではないかと思った。

七

豊島はしばらく虚空に目をむけて黙考していたが、

「殿のことは、話しておこう」

と、腹をかためたような顔をして言った。

「殿は、三年ほど前まで御小納戸頭取《おこなんどとうどり》をなされていた山崎庄右衛門《やまざきしょうえもん》さまでござる」

「御小納戸頭取……」

源九郎は、山崎家のことは知らなかったが、大身の旗本にまちがいないようだ。御小納戸頭取は役料、千五百石の重職である。

「殿は三年ほど前に病を患い、いまはお屋敷で療養してござる」

豊島の顔を憂慮の翳が覆っていた。

源九郎はいっとき膝先に視線を落として黙考していたが、

「これは、いただいておく」

と言って、袱紗包みを手にした。いずれにしろ、おはまたちをこのまま長屋から追い出すことはできないのだ。

「かたじけのうござる」

豊島は源九郎に深々と頭を下げた後、

「同行した里中は、おはまどのと長太郎の身を守るために連れてきたのだ。里中も住む場があれば、長屋に置いてもらいたいのだが」

と言って、脇に座している里中に目をやった。

豊島がさらにつづけて話したことによると、屋敷との連絡役も兼ねて、山崎家に仕える者のなかでもっとも腕のたつ里中を連れてきたという。

「それがしは、雨露の凌《しの》げる場であれば、どのようなところでも結構です」

里中が言った。

すると、黙って話を聞いていた菅井が、

「里中どのは、将棋を指すのか」

と、小声で訊いた。

「並べる程度なら……」

里中が戸惑うような顔をした。急に、将棋の話が出たからであろう。

「い、いや、長い間狭い家のなかにいると、退屈するのでな。……おれのところに、住めばいい。おれは独り暮らしだ」

菅井が声をつまらせて言った。顎のしゃくれた顔が赤く染まり、般若のような顔になった。

「菅井どののところに、お世話になります」

里中が菅井に頭を下げた。

話が一段落したとき、腰高障子があいて、お熊とおまつが湯の入っている鉄瓶と茶道具を持って入ってきた。

「茶がはいりましたよ」

お熊が言い、おまつとふたりで座敷に上がり、源九郎たちに茶を淹れてくれた。

それから小半刻（三十分）ほど、源九郎たちは茶を飲みながら話した後、

「それがしも様子を見に来るが、何かあったら里中に話して、屋敷に知らせてもらいたい」

そう言って、豊島が腰を上げた。

源九郎たちは戸口まで出て豊島を見送った後、座敷にもどった。お熊とおまつは座敷にいて、茶道具を片付けていた。

「おはまどの、何か困ったことがあったら、お熊やおまつに相談するといい。親

身になって相談に乗ってくれるはずだ」

源九郎が言うと、

「そうだよ。おはまさん、何でも話しておくれ。長屋の者はね、みんな家族のような付き合いをしてるんだから」

お熊が言うと、おまつが、

「そうだよ。あたしらに、気を使わなくていいんだからね」

と、妙にやさしい声で言った。

「ありがとうございます」

おはまが涙ぐんで言った。

お熊とおまつが茶道具を持って引き上げると、つづいて菅井と安田も腰を上げた。どうやら、ふたりで将棋を指すつもりらしい。

座敷に残ったのは、源九郎、里中、おはま、長太郎の四人である。

「おはまどの、訊いておきたいことがあるのだがな」

源九郎が、声をあらためて言った。

「何でしょうか」

「長太郎はそなたの子だな」

そう源九郎に言われて、おはまは恥ずかしげな顔をしたが、

「そうです」

すぐに、はっきりとした声で答えた。隠す気はないようだ。

「顔が似ているから、身装は武家の子のようだが、おはまどの子であることはすぐに知れる」

「……」

「父親は、だれかな」

源九郎が世間話でもするような声で訊いた。

長太郎は口を引き結んだまま源九郎に目をむけている。

源九郎は、長太郎も自分の父親がだれか知っているとみていた。そうでなければ、自分が武士のような身装でいることを嫌がるはずである。おはまは、わが子に父親の名も武士のような身装で暮らしているわけも話してあるにちがいない。

「山崎庄右衛門さまではないかな」

源九郎が小声で訊いた。

おはまは、いっとき膝先に視線を落として口をつぐんでいたが、顔を上げると、

「そうです」

と、小声で答えた。

「やはりそうか」

源九郎は、長太郎と里中に目をやった。ふたりとも気まずいような顔をしただけで、何も言わなかった。

「引っ越しは、明日にしよう。大家に話せば、何とかなるだろう。……今日は、ゆっくり休むといい」

源九郎は、おはまに話してから腰を上げた。

第二章　用心棒たち

一

源九郎は豊島と会った翌日、本所松坂町《まつざかちょう》にある亀楽《きらく》にいた。亀楽は、縄暖簾《なわのれん》を出した飲み屋である。源九郎は六人の仲間といっしょだった。源九郎たちは亀楽を馴染《なじ》みにしていて、何かあると集まって一杯やりながら話すのだ。亀楽ははぐれ長屋から近かったし、何より酒が安かった。

亀楽の土間に置かれた飯台を前にして、腰を下ろしている七人の男は、源九郎、菅井、安田、研師《とぎし》の茂次、岡っ引きだった孫六《まごろく》、鳶《とび》の平太《へいた》、砂絵描きの三太郎《さんたろう》である。七人ともはぐれ長屋の住人だった。

これまで、安田を除いた六人で集まっていたが、半年ほど前に安田が越してきてから、七人で集まることが多くなった。

安田は武士だが、御家人の冷や飯食いで、兄が嫁をもらったこともあって、家に居づらくなり、長屋で独り暮らしをするようになったのだ。安田にはこれといった生業《なりわい》はなく、口入れ屋に出入りし、普請場や桟橋の荷揚げ場の力仕事などを世話してもらって、何とか暮らしをたてていた。源九郎たちと同じはぐれ者だが、剣の腕がたち、用心棒としては打って付けの男である。

亀楽の店内には、他の客の姿はなかった。あるじの元造《もとぞう》は気のいい男で、源九郎たちが頼めば店を貸し切りにもしてくれたのだ。

「話は、一杯やってからだな」

源九郎が集まった男たちに声をかけた。

「元造には、酒と肴《さかな》を頼んでありますぜ」

孫六が、目を細めて言った。

孫六はすでに還暦を過ぎ、集まった男たちのなかでは一番の年寄りだった。番《ばん》場町《ばちょう》の親分と呼ばれた腕利きの岡っ引きだったが、いまは隠居してはぐれ長屋に住む娘夫婦の世話になっている。

孫六は酒に目のない男だが、長屋にいるときは娘夫婦に遠慮して飲まないようにしていた。こうして、仲間たちと飲むのを楽しみにしていたのだ。

「お酒の用意ができましたよ」

店を手伝っているおしずの声がし、元造とふたりで酒と肴を運んできた。おしずは平太の母親で、源九郎たちと同じはぐれ長屋の住人である。

肴はたくわんの古漬けと冷奴《ひややっこ》、それに鰯《いわし》の煮付けだった。いつも同じような肴だが、結構味はいい。

元造は寡黙な男で、「ゆっくりやってくだせえ」とだけ言い残し、すぐに板場にひっ込んでしまった。

「さァ、飲むぞ」

安田が嬉しそうな顔をしていた。飲兵衛の安田も、亀楽で長屋の仲間と飲むのを楽しみにしている。

「まず、一杯」

源九郎は銚子をとり、隣に腰を下ろしていた孫六の猪口《ちょく》に酒を注いでやった。

「ありがてえ。……こうやって、みんなと飲む酒は旨《うめ》えや」

孫六が目を糸のように細めて言った。

「まったくだ」

安田が声を上げ、手にした猪口の酒を飲み干した。

源九郎はいっとき仲間たちと注ぎ合って飲んでから、

「長屋に住むようになったおはまと長太郎を知ってるな」

と、男たちに目をやって切り出した。

源九郎は、おはまを呼び捨てにした。正体が知れないように、長屋に住む女たちと同じように呼ぶことにしたのだ。

「知ってやすぜ」

茂次が声を上げると、他の男たちもうなずいた。

茂次は研師だが、長屋や裏路地などをまわって包丁、剃刀《かみそり》、鋏《はさみ》などを研いだり、鋸《のこぎり》の目立てなどをして暮らしをたてていた。茂次は子供のころ名の知れた研師に弟子入りし、刀槍の研師を目指したのだが、師匠と喧嘩して飛び出し、暮らしの糧を得るためにいまのように裏路地をまわるようになったのだ。茂次も、はぐれ者のひとりである。

「わしと安田が、一ツ目橋のそばで、おはまと長太郎を助けたのがきっかけなのだが、昨日、長屋に見えた豊島どのにふたりの身を守るよう頼まれたのだ」

源九郎はそう前置きし、三人の武士におはまたちが襲われたことから、昨日、豊島と里中が長屋に来て、おはまたちを守って欲しいと頼まれたことなどをかいつまんで話した。

「長太郎ってえ子は、侍の子のような身装《なり》をしてやしたが、父親は侍ですかい」

孫六が、猪口を手にしたまま訊いた。酒がまわっているらしく、顔が赤くなっている。

「父親は旗本だ。名は山崎庄右衛門」

源九郎が、山崎は大身《たいしん》の旗本で、いまは病気のために臥《ふ》せっていることを話した。

「その山崎さまのお子が、お屋敷に住まねえで、どうして長屋などに住むことになったんです」

茂次が訊《き》いた。

三太郎と平太は黙って、源九郎や茂次たちのやり取りを聞いている。三太郎は無口だった。平太はまだ十代で、母親のおしずが亀楽にいたこともあって、すこし遠慮しているようだ。

「まだ、くわしいことは分からん」

源九郎は、そうしたことから探らねばならないとみていた。

「おはまさんは、妾《めかけ》じゃァねえのかい」

孫六が首をすくめて言った。

「孫六、おはまの前では、口にするなよ。気にするかもしれないからな」

安田が口をはさんだ。

「分かってやすよ。まァ、いろいろあるってことだな」

そう言うと、孫六は手にした猪口の酒を一気に飲み干した。

「さて、それで、どうする」

源九郎はそう言って、六人の男に目をやった。

六人は飲むのをやめて、源九郎に視線を集めた。

「ここに、豊島どのからもらった金がある」

源九郎は懐から袱紗《ふくさ》包みを取り出して、飯台の上に置くと、

「百両ある」

と、小声で言った。

「ひゃ、百両！」

孫六が目を剝《む》いた。

菅井と安田は、源九郎が取り出した袱紗包みを見ていたので表情を変えなかっ

たが、茂次、三太郎、平太の三人は、孫六と同じように目を剝いて袱紗包みを見つめている。

「どうだな、手を貸してくれれば、みんなで分けることになるが」

源九郎たちは、依頼金や礼金を七人で等分することにしていたのだ。

「どうだ、いっしょにやるか」

源九郎が男たちに訊いた。

「や、やる！」

孫六が、声を上げた。

すると、茂次、三太郎、平太の三人も「やる、やる」と身を乗り出して言った。

「菅井と安田も承知か」

「むろん、おれもやる」

安田が言うと、菅井は無言でうなずいた。

「では、七人で分けることにする。……百両を七人に等分に分けると、半端が出るのでな。ひとり十二両でどうだ。十六両余るが、これからのわしらの飲み代《のしろ》にとっておいたら」

飲み代だけでなく、必要のときは舟を借りたり、駕籠《かご》を頼んだりすることもあるので、多少の金は取っておく必要があったのだ。

「それでいい」

孫六が言うと、いっせいに男たちが、うなずいた。

「では、分けるぞ」

源九郎は袱紗包みから切餅《きりもち》を取り出し、つつんである紙を破って一分銀を取り出して、それぞれの前に十二両分だけ置いた。

「ありがてえ、これでしばらく金の心配をしねえで酒が飲める」

孫六が嬉しそうな顔をして、一分銀を巾着《きんちゃく》のなかにしまった。

源九郎は男たちが一分銀をしまったのを目にしてから、

「さァ、飲もう」

と、男たちに目をやって言った。

二

源九郎が長屋の井戸まで水酌みに出かけて家にもどると、上がり框《がまち》に孫六が腰を下ろしていた。

「旦那、朝めしは」

孫六が訊いた。

「食ったぞ」

源九郎は、今朝孫六と出かけることになっていたので、昨晩の残りのめしを握りめしにしておいて食ったのだ。

五ツ（午前八時）ごろだった。風のない穏やかな晴天である。朝陽が腰高障子を淡い蜜柑色《みかんいろ》に染めていた。

「出かけやすか」

孫六が腰を上げた。

「そうだな」

源九郎は座敷に置いてあった大小を腰に差した。

ふたりは、これから駿河台《するがだい》まで行くつもりだった。山崎家の屋敷は、駿河台にあると里中から聞き、とりあえず屋敷を見ておこうと思ったのである。

源九郎たち七人が、亀楽で顔を合わせた七日後だった。菅井と安田は、里中といっしょに長屋にいた。三人の武士が長屋に踏み込んできても、おはまと長太郎を守れるように腕のたつ三人が残ったのだ。

茂次、三太郎、平太の三人は、緑町に出かけていた。おはまと長太郎が住んでいた借家の近くで、おはまたちを襲った三人のことを聞き込むためである。

「いまごろ、菅井の旦那たちは、将棋をやってやすぜ」

孫六が竪川沿いの道を歩きながら言った。

「菅井のやつ、いい将棋仲間ができたので、ご満悦だろう」

源九郎も、菅井たちは将棋をやっているだろうと思った。おはまと長太郎を守るといっても、とりあえずやることは何もないのだ。

「やつら、長屋に踏み込んできやすかね」

孫六が竪川にかかる一ツ目橋に目をやりながら言った。

「来るかもしれんな」

源九郎は、三人の武士が長屋に踏み込んでくる恐れはあるとみていた。豊島たちは一ツ目橋界隈《かいわい》で話を聞いて、おはまたちが長屋にいることを知ったのだ。同じように、三人の武士が一ツ目橋の近所で聞き込めば、おはまたちの居所が分かるだろう。

「菅井の旦那たちがいれば、何とかなりますァ」

孫六が言った。

「うむ……」

源九郎も、長屋に踏み込んでくる敵が三人だけなら、菅井たちが後れをとることはないとみていた。菅井、安田、里中の三人は剣の遣い手なのだ。

源九郎と孫六は、そんなやり取りをしながら歩いた。大川にかかる両国橋を渡ってから、賑やかな両国広小路を経て柳原通りに出た。

柳原通りも、人通りが多かった。様々な身分の者たちが、行き交っている。その人通りのなかをしばらく歩くと、前方に神田川にかかる昌平橋《しょうへいばし》が見えてきた。その橋のたもと付近は、大勢の人で賑わっていた。その辺りは大きな通りが八方から集まっていることから、八ツ小路と呼ばれている。

源九郎たちは八ツ小路の雑踏のなかを抜け、神田川沿いの通りに入った。急に静かになり、行き交う人の姿もまばらになった。通りの右手に神田川が流れ、左手には旗本屋敷がつづいている。

「この辺りが、駿河台だな」

源九郎は、左手につづく旗本屋敷に目をやりながら言った。

それからいっとき歩くと、右手の川沿いに稲荷《いなり》の赤い鳥居が見えてきた。稲荷の祠《ほこら》をかこった杜《もり》もある。

「あれが、太田姫《おおたひめ》稲荷ですぜ」

孫六が指差して言った。

源九郎は里中から、山崎家の屋敷は太田姫稲荷の手前の道を左手に入った先にあると聞いていたのだ。

「そこに、道があるな」

見ると、稲荷の赤い鳥居の手前に左手に入る道があった。思っていたより大きな通りで、道沿いに大小の旗本屋敷がつづいていた。

源九郎が通りに入って出会った供連れの武士に、山崎家の屋敷はどこにあるか訊くと、教えてくれた。

「二町ほど行くと、通りの右手にあります」

武士によると、表門の脇に太い松が植えてあり、通りに枝を伸ばしているので、すぐに分かるという。

源九郎と孫六が二町ほど歩くと、通りの右手に門番所付きの長屋門を構えた旗本屋敷があった。

「この屋敷ですぜ」

孫六が、長屋門の脇で枝を伸ばしている松を指差して言った。

「そうらしいな」

源九郎は、表門とそれにつづく屋敷に目をやった。家禄が千石ほどと思われる旗本屋敷である。ひっそりとして、人声や物音は聞こえてこなかった。

「旦那、どうしやす」

孫六が、路傍に足をとめて訊いた。

「そうだな、せっかくここまで来たのだ。近所の者に、山崎家の評判だけでも訊いてみるか」

源九郎は、山崎家の屋敷に目をやりながら言った。

「そうしやしょう」

ふたりは山崎家の屋敷から半町ほど離れ、他の旗本屋敷の築地塀《ついじべい》の陰に身を寄せて、話の聞けそうな者が通りかかるのを待った。

話の聞けそうな者は、なかなか通りかからなかった。ふたりがその場に身を隠して、半刻（一時間）も経ったろうか。源九郎が諦《あきら》めて帰ろうかと思い始めたとき、山崎家の斜向《はす》かいにある旗本屋敷の表門のくぐりから、中間《ちゅうげん》がふたり姿を見せた。

ふたりの中間は、何やら話しながら源九郎たちの方へ歩いてくる。

「わしが、訊いてみよう」

源九郎は、築地塀の陰から通りに出た。孫六は源九郎の供のような顔をしてついてきた。

「しばし、ちと、訊きたいことがある」

源九郎がふたりの中間に声をかけた。

「あっしらですかい」

大柄な男が、足をとめて源九郎に目をむけた。顔に警戒の色がある。もうひとりの赤ら顔の男も、足をとめて源九郎を見ている。

「つかぬことを訊くがな。山崎さまが、病に臥《ふ》しておられると耳にしたのだが、ふたりは聞いているかな」

源九郎が、山崎家の屋敷に目をやって訊いた。

「聞いていやす」

大柄な男が言った。

「ずいぶん昔のことだが、わしは、若いころ山崎さまにお仕えしたことがあるのだ。それで、気になってな」

源九郎は適当な作り話を口にした。

「そうですかい」

大柄な男が、表情をやわらげた。たいした用ではないと思ったらしい。

「何の病かな」

「癪《しゃく》のようでさァ」

大柄な男が言うと、そばにいた赤ら顔の男が、

「重いようですぜ」

と、小声で言い添えた。

この時代、腹部に発作性の激痛を引き起こす疾患をすべて癪と呼んでいた。命にかかわる重い病の場合もすくなくない。

「それで、家の跡取りは」

源九郎が訊いた。

「それが、男の跡取りがいねえんでさァ」

「跡取りがいないだと」

思わず、源九郎が聞き返した。

「へい、旦那はご存じかもしれねえが、誠之助《まさのすけ》さまという嫡男が、一年ほど前に流行《はやり》病で亡くなったんでさァ」

「聞いてないぞ。……それで、山崎さまの跡をだれが継ぐのだ」

源九郎の脳裏に、長太郎のことが浮かんだ。

「長女の菊江《きくえ》さまに、婿をとる話があるようですがね。ただ、菊江さまはまだ八歳なんでさァ」

大柄な男の話によると、菊江の他に山崎には子がないという。

「そうか」

源九郎は、山崎家の跡取りのことで、おはまと長太郎を亡き者にしようと陰で糸を引いている者がいるのではないかと思った。

源九郎が口をとじると、

「あっしらは、これで」

大柄な男が言い、もうひとりの男といっしょに足早に離れていった。

ふたりが離れると、すぐに孫六が近寄ってきて、

「旦那、跡取りのことで揉《も》めてるのかもしれやせんぜ」

そう言って、目をひからせた。

「いずれにしろ、わしらはおはまと長太郎の身を守らねばならん」

源九郎が顔をひきしめて言った。

三

源九郎と孫六が長屋にもどり、源九郎の家に腰を落ち着けると、戸口に近付いてくる何人かの足音がした。

足音は腰高障子の前でとまり、

「華町、帰ったのか」

と、菅井の声が聞こえた。

「いま、帰ったところだ」

源九郎が答えると、すぐに腰高障子があいた。

土間に入ってきたのは、菅井、お熊、おまつの三人だった。何かあったらしく、お熊とおまつの顔がこわばっていた。

「どうしたのだ」

すぐに、源九郎が訊いた。

「長屋を探っている者がいるようだ」

菅井が、お熊たちから話してくれ、と言って、女たちに目をやった。

「お島《しま》さんがね、路地木戸のそばでお侍に呼び止められて、長屋のことを訊かれたらしいんだよ」

お熊がうわずった声で言った。

お島は、伸助《しんすけ》という手間賃稼ぎの大工の女房だった。

「どんなことを訊かれたのだ」

源九郎も気になった。お島に話を訊いたのは、おはまと長太郎を襲った三人の武士ではあるまいか。

「長屋に、おはまという母親と長太郎という子がいないか、訊かれたそうだよ」

お熊が言った。

「それで、お島はどう答えたのだ」

「越してきた親子はいるけど、名は知らないって答えたらしいよ」

「それだけか」

「いや、他にも訊かれた者がいるのだ」

脇にいた菅井が、口をはさんだ。

「竹造爺《たけぞうじい》さんだよ」

おまつが言い添えた。

竹造は指物師だったが歳をとって隠居し、倅といっしょにはぐれ長屋に住んでいた。倅も指物師だが、まだ一人前ではなく親方のところに奉公にいっている。

「竹造は、どう答えたのだ」

「名は知らないって答えたようだけど、武家の格好をした男の子が、ちかごろ長屋に越してきたと話したそうだよ」

おまつが、顔をしかめて言った。

「まずいな」

おはまたちを襲った三人の武士は、おはまと長太郎が長屋にいることを知ったとみていい。

「華町、どうする」

菅井が訊いた。

「いずれ知れることだが……」

源九郎はいっとき虚空に視線をむけて黙考していたが、

「お熊とおまつに頼みがある」

と、声をあらためて言った。

「なんだい」

「ふたりで、長屋をまわってな、おはまと長太郎のことを訊かれたら、どこにいるか知らないと答えるように話してくれ」

三人の武士は、おはまたちが長屋にいることは知ったろうが、どこの家にいるかまでは、つかんでいないはずだ。

「すぐに、長屋をまわってくるよ」

お熊が言い、おまつとふたりで戸口から出ていった。

ふたりの足音が遠ざかると、

「念のため、おはまと長太郎の家を変えよう」

源九郎が菅井に言った。

「変えるって、どこへやるのだ」

菅井が訊いた。

「菅井のところだ」

「お、おれのところに、住むのか」

菅井が声をつまらせて言った。何か勘違いしているらしく、菅井の顎《あご》のしゃくれた顔が赤くなっている。

「家を変えるだけだ。菅井と里中がおはまたちの家へ行き、おはまたちが菅井の家で住むのだ。しばらくの間だけな」

「そうか」

菅井が納得したようにうなずいた。

「それから、長太郎の身装《みなり》も変えよう。長屋の子らしくするのだ」

「いい手だ。そうすりゃア、やつらには、おはまさんと長太郎がどこにいるか、分からねえ」

孫六が声を上げた。

「わしも行く。すぐに、手を打とう」

源九郎たちは家から出ると、まず、菅井の家に立ち寄り、里中もくわえておはまと長太郎の住む家にむかった。

源九郎から話を聞いたおはまは、

「みなさんに、迷惑をかけてしまって……」

と言って、戸惑うような顔をした。

「気にするな。長屋の者にとって、家を変えることなどたいしたことではないのだ」

源九郎が言うと、菅井も、

「家の造りはどこも同じだからな。荷物さえ、運べばすむことだ。それに、たいした荷物はないしな」

と言って、すぐにも荷物を運びたいような素振りを見せた。

「みなさんの言うとおりにします」

おはまが、うなずいた。

源九郎は、孫六に長屋をまわってもらい、安田や茂次にも声をかけて菅井の家とおはまの家の荷物を運び出すのを手伝わせた。

おはまたちの家も菅井の家もたいした荷物はなかったので、それほど手間はかからなかった。

陽が沈むころには、それぞれの家に荷物を運び終え、長太郎も長屋の男児の古着を借りて町人の子らしい格好になった。

「これでいい」

源九郎は、おはまたちを襲った三人の武士が、長屋に踏み込んできても、おはまと長太郎を見つけ出すのはむずかしいとみた。

四

「す、菅井どの、その飛車、待ってくれんか」

里中が、声をつまらせて言った。

そこは、菅井の家だった。菅井と里中が、将棋を指していた。安田も来ていて、将棋盤を覗《のぞ》いている。

「待てとは、将棋指しの言ではないぞ」

菅井が胸を張って言った。細い目を糸のように細め、口許に笑みを浮かべていた。嬉しそうな顔である。

王手飛車取りの妙手だった。形勢は菅井に大きくかたむいている。あと、十手ほどでつむのではあるまいか。

「ううむ……」

里中は口をへの字に引き結んで、将棋盤を睨《にら》むように見据えた。

そのとき、戸口に走り寄る足音が聞こえた。足音は戸口でとまり、いきなり腰高障子があいた。顔を出したのは、茂次である。

「大変だ！　やつらが、ここへ来やす」

茂次が叫んだ。

「やつらとは、だれだ」

安田が、すぐに脇に置いてあった刀を摑《つか》んだ。

「三人組でさァ！」

里中が叫びざま、刀をつかんで立ち上がった。その拍子に、膝先が将棋盤に触れて傾き、駒がこぼれ落ちた。

「お、おい、将棋はどうするのだ」

菅井が眉《まゆ》を寄せて言った。

「菅井どの、将棋どころではありません」

里中が声高に言った。

「なんということだ、あと、すこしでつんだのに」

菅井は渋い顔をして、傍《かたわ》らに置いてあった刀をつかんだ。

腰高障子に走り寄る何人もの足音がした。長屋のあちこちから、住人たちの悲鳴や叫び声が聞こえた。

走り寄る足音は、腰高障子の前でとまり、

「あけろ！」

という声がし、ガラリと腰高障子があいた。

戸口に三人の武士が立っていた。いや、三人ではない。三人の背後に、さらにひとり立っていた。茂次は、前にいる三人の姿を目にしたようだ。

「こいつらだ！」

安田が言った。一ツ目橋のたもとで、やりあった三人組のふたりらしい。ふたりくわわったのだろう。

四人とも、なかなかの遣い手らしい。身辺に隙がなかった。

「おはまと長太郎は、どこにいる」

後ろにいた大柄な武士が、前に出て訊いた。声に、威嚇《いかく》するようなひびきがあった。この武士は、一ツ目橋のそばで源九郎と立ち合った男である。

「おはまと、長太郎だと。そんな名の者は、長屋にいないぞ」

菅井が声高に言った。

「この家にいると聞いてきたのだ」

大柄な武士が、座敷を見回した。

「ここにいるのは、おれたち三人だけだ。……いま、将棋を指していたところだった。いいところだったのに、邪魔しおって」

菅井は、手にした大刀を腰に差した。居合の抜きつけの一刀は、腰に差した刀を抜くのである。

そのとき、大柄な武士の脇にいた痩身《そうしん》の武士が、

「ここには、いないぞ」

と、その場にいる仲間たちに言った。

「隠したな」

大柄の武士の顔に、怒りの色が浮いた。

「さア、入ってこい」

菅井が、左手で刀の鍔元《つばもと》を握って鯉口《こいぐち》を切り、右手で柄《つか》を握った。居合の抜刀体勢をとったのである。

すると、座敷にいた安田と里中も刀を抜いて身構えた。

大柄な武士が逡巡《しゅんじゅん》するような表情を見せ、

「表へ出ろ！」

と、叫んだ。

すぐに、戸口にいた四人の武士が後じさった。狭い家のなかでやり合うのは不利とみたようだ。

「いいだろう」

菅井が座敷から土間に下りた。

安田と里中も抜き身を手にしたまま、菅井につづいて土間に下りた。ふたりとも、外で闘う気になっている。

菅井は居合の抜刀体勢をとったまま戸口から出た。

そのときだった。戸口の脇にいた痩身の武士が、

イヤアッ！

と、甲走《かんばし》った気合を発して斬り込んできた。

振りかぶりざま、真っ向へ——。

刹那《せつな》、菅井の体が躍り、シャッ、という刀身の鞘走《さやばし》る音がして、閃光《せんこう》が逆袈《ぎやくげ》裟《さ》にはしった。

迅《はや》い！

稲妻のような居合の抜き付けの一刀だった。

菅井が体をひねりながら逆袈裟に斬り上げた切っ先が、真っ向へ振り下ろそうとした痩身の武士の左の二の腕をとらえた。

バサリ、と痩身の武士の左袖が裂け、あらわになった左の二の腕から血が噴いた。

痩身の武士は、呻《うめ》き声を上げて後じさった。

これを見た大柄な武士が、

「こやつ、居合を遣う!」

と、叫んだ。大柄の武士の背後にいたふたりの武士の顔が、驚怖《きょうふ》にゆがんだ。菅井の神速の抜き打ちを目の当たりにしたからだろう。

「臆すな! 抜いてしまえば、居合は遣えぬ」

大柄な武士が、菅井の前に出ようとした。

すると、安田が脇から進み出て、

「おぬしの相手は、おれだ!」

叫びざま、切っ先を大柄な武士にむけた。

「おのれ、今日こそ、始末してくれる」

大柄な武士は、すかさず八相に構えた。両肘を高くとり、刀身を垂直に立てた。一ツ目橋のたもとで、源九郎と立ち合ったときと同じ構えである。

安田は低い青眼に構え、切っ先をピクピクと動かし、体も小刻みに前後させた。動きながら闘う、安田独特の構えである。

菅井は脇構えにとり、青眼に構えた中背の若い武士と対峙《たいじ》していた。菅井は抜刀した後、敵に対して脇構えにとることが多かった。居合の抜刀の呼吸で、逆袈裟に斬り上げるのである。

また、里中は、もうひとりの浅黒い顔をした武士と対峙していた。ふたりは、相青眼に構えている。

菅井と対峙していた若い武士は、すぐに仕掛けた。菅井が居合を遣えないとみて侮ったのかもしれない。

甲走った気合とともに、青眼から袈裟へ。

すかさず、菅井は脇構えから逆袈裟に斬り上げた。

袈裟と逆袈裟——。

二筋の閃光がふたりの眼前で交差した。

菅井の切っ先が、若い武士の左の前腕をとらえ、若い武士の切っ先は、菅井の肩先をかすめて空を切った。

次の瞬間、ふたりは大きく背後に跳んで間合をとった。若い武士の左袖が裂け、かすかに血の色があった。

若い武士の顔がこわばり、手にした刀の切っ先が震えていた。菅井の素早い太《た》刀《ち》捌《さば》きに、恐怖を覚えたらしい。

若い武士は大きく後じさり、その場から逃げ出す素振りを見せた。

これを目の端でとらえた大柄な武士は、すばやく身を引き、安田との間合があくと、

「引け！　この場は引け」

と、叫んだ。このままでは、四人とも、斬られるとみたらしい。

若い武士が、反転して走りだした。つづいて逃げたのは、戸口の隅に身を寄せていた痩身の武士だった。血に染まった左腕を垂らしたまま若い武士の後を追った。

さらに、大柄な武士と浅黒い顔をした武士が、走りだした。先にその場から逃げたふたりの後を追っていく。

菅井たち三人は、逃げていく武士の後を追わなかった。相手は四人で、腕のたつ者たちである。深追いすると、返り討ちに遭《あ》う恐れがあったのだ。

四人の武士の姿が遠ざかると、離れた場所で固唾《かたず》を飲んで闘いの様子を見ていた長屋の住人たちから歓声が上がり、逃げる四人に罵声《ばせい》が浴びせられた。子供たちは両手をたたいたり、飛び跳ねたりして喜んでいる。

「これで、懲りたろう」

そう言って、安田が刀を鞘に納めた。

「分からんぞ」

菅井がつぶやいた。逃げた四人は、何か別の手を打ってくるような気がしたのだ。

五

「華町の旦那、いやすか」

腰高障子のむこうで、三太郎の声がした。

七ツ（午後四時）ごろだった。源九郎がそろそろ竈《へっつい》に火を焚《た》き付け、めしを炊こうと思っていたときだった。

「いるぞ」

源九郎が声をかけると、すぐに腰高障子があいた。

土間に入ってきたのは、三太郎と平太だった。ふたりの顔がこわ張っている。何かあったらしい。

「どうした」

源九郎が訊いた。

「い、伊吉《いきち》が、やられやした」

三太郎が声をつまらせて言った。

「日傭取《ひようと》りの伊吉か」

はぐれ長屋には、伊吉という年配の日傭取りがいた。

「へい」

「殺されたのか」

「死んじゃァいねえが、血塗《ちまみ》れでさァ」

三太郎と平太が口早に話したことによると、長屋の路地木戸の脇に血塗れになっている伊吉を、通りかかった長屋の男たちが気付き、伊吉の家に連れ込んだという。

「だ、旦那、伊吉はふたりの武士に襲われ、おはまさんたちのことを訊かれたようですぜ」

三太郎の声は、震えていた。

「なに、武士に襲われたと」

源九郎の脳裏に長屋を襲った四人の武士のことがよぎった。

「いま、伊吉は家にいるのだな」

源九郎が、念を押すように訊いた。

「いやす。孫六親分も、いるはずでさァ」

「茂次はどうした」

茂次は、三太郎たちといっしょに長屋を襲った武士たちのことを探っていたはずである。

「東庵《とうあん》先生のところに走りやした」

三太郎が言った。

東庵は、相生町に住む町医者だった。東庵ははぐれ長屋にも来てくれた。金持ちだけでなく、貧乏人も診てくれるのだ。

「おれも、行ってみよう」

源九郎は、すぐに戸口から出た。

伊吉の家にむかいながら、菅井や安田にも知らせたのか訊くと、

「あっしが、これから知らせやす」

そう言って、三太郎がその場で別れた。

源九郎と平太は、伊吉の家に急いだ。家の戸口に、長屋の女房連中や子供たちなどが集まっていた。いずれも心配そうな顔をしていた。男の姿はすくなかった。まだ、男たちの多くは、仕事から帰っていないのだ。

「前をあけてくれ」

源九郎が声をかけると、戸口近くにいた女房連中が身を引いて道をあけてくれた。

平太が、腰高障子をあけた。土間の先の座敷に、伊吉、女房のお竹《たけ》、それに娘のおふくがいた。孫六、それに長屋に住む峰吉《みねきち》、七助《しちすけ》、利根助《とねすけ》の三人の姿があった。三人で、伊吉を家に連れ込んだのだろう。

伊吉の顔と左肩が、どす黒い血に染まっていた。顔を苦痛にゆがめている。お竹とおふくは伊吉のそばに座り、蒼《あお》ざめた顔で身を顫《ふる》わせていた。

まだ、手当てはしていなかった。伊吉が運び込まれて間がないのだろう。

「は、華町の旦那ァ、亭主が……」

お竹が涙声で言った。

「どれ、傷を見せてみろ」

源九郎は座敷に上がった。東庵が来るまでに、必要な手当てをしておこうと思ったのである。

平太も座敷に上がり、神妙な顔をして源九郎の脇に座った。

……たいした傷ではない。

と、源九郎はみた。

頬を薄く横に切り裂かれていた。出血はほぼとまっている。顔が血に染まっているのは、その傷のせいである。おそらく、威嚇するために刀の切っ先で、斬ったのだろう。

肩先の傷からはまだ出血していたが、腕は動くようなので、それほどの深手ではないようだ。

「伊吉、案ずるな。命にかかわるような傷ではないぞ。東庵先生を呼んだからな。手当てしてもらえば、すぐによくなるはずだ」

源九郎が穏やかな声で言うと、

「ありがとうごぜえやす」

伊吉が顔をやわらげて言った。女房のお竹、娘のおふくの顔にも、安堵《あんど》の色が浮いた。

そこへ、菅井と安田が駆け付け、いっときして、茂次が東庵を連れて入ってきた。

東庵は薬箱を茂次に持たせて座敷に上がると、伊吉の脇に座し、

「どれ、見せてみろ」

と言って、伊吉の傷を診た。

「心配するな。四、五日おとなしくしていて、血がとまれば、仕事にも出られる」

東庵が言った。そして、座敷にいたお竹に、傷口を縛るので古い浴衣《ゆかた》でもあったら出すように話し、娘のおふくには小桶に水を汲んでくるよう指示した。

ふたりが、古い浴衣と水の入った小桶を運んで来ると、東庵は伊吉の着物を脱がせて、まず肩口の傷を洗った。そして、浴衣を裂いて折り畳み、金創膏《きんそうこう》を塗ってから傷口にあてがった。さらに、残りの浴衣を細く切り裂き、そばにいた源九郎にも手伝わせて、細く切り裂いた浴衣を伊吉の肩から腋にまわして縛った。

東庵は、血に汚れた手を小桶の水で洗うと、

「これでいい」

と言って、薬箱をかたづけ始めた。

東庵は、「今日は、横になって休め」そう言い置いて、立ち上がった。茂次と三太郎のふたりで、東庵を送っていった。

六

東庵が戸口から出ていって、しばらく経つと、

「あっしらは、家に帰《けえ》りやす」

と峰吉が言い、七助と利根助を連れて戸口から出ていった。

すでに、暮れ六ツ（午後六時）は過ぎていた。どの家も、夕餉《ゆうげ》の膳の前に座るころである。峰吉たちも、夕めしのために家に帰ったのだろう。

座敷に残ったのは源九郎、菅井、安田、孫六、平太、それに、伊吉だった。お竹とおふくは、夕めしの支度をする、と言って、流し場にいた。

「わしらもすぐ帰るが、伊吉に訊いておきたいことがあるのだ」

源九郎が声をあらためて切り出した。

「伊吉を襲ったのは、ふたりの武士だそうだな」

「そうでさァ」

伊吉が顔をこわ張らせて言った。そのときのことを思い出したのかもしれない。

「どこで、襲われた」

「長屋の路地木戸の近くまで来たとき、急に駆け寄ってきやしてね。伝兵衛店の者かと訊かれたんでさァ。あっしが、そうだ、と答えると、いきなり斬りつけてきて……」

伊吉が声を震わせて話したことによると、ふたりのうち大柄な武士が、伊吉の肩に斬りつけ、伊吉がその場にへたり込むと、切っ先を顔にむけて、長屋に武士の男児が住んでいないか訊いたという。

「あ、あっしが、知らねえと答えると、刀の先を頬につけて、斬ったんでさァ」

伊吉の声が震えた。そのときの恐怖が蘇ったようだ。

「それで、どうした」

源九郎が訊いた。

「あ、あっしは怖くなり、お侍の子が越してきた噂は、耳にしたことがあると、言っちまったんで」

伊吉が肩をすぼめて言った。

「心配するな。それだけなら、話してもかまわない」

「へえ……」

「他のことも、何か訊かれたか」

「へい、旦那たちのことを訊かれやした」

「なに、わしらのことを訊いたと」

源九郎が聞き返した。

その場にいた菅井たちの目が、伊吉に集まった。

「どんなことを訊かれたのだ」

「長屋にいるお侍は、何人か訊かれやした。それで、いまは四人いると話しやした。まずかったかな」

伊吉が戸惑うような顔をした。

「いや、かまわん」

長屋に押し入った者たちは、源九郎、菅井、安田、それに里中がいることを知ったようだ。

源九郎が口をつぐむと、

「里中のことは、訊かれなかったのか」

と、菅井が訊いた。

「訊かれやした。伝兵衛店には、武士が三人いると聞いたんだが、ひとり多いな、と言われ、里中さまは、ちかごろ住むようになったことを話しやした」

「やはりそうか。そやつら、近所でおれたちのことを聞いてから、伊吉に訊いたようだ」

「あいつら、また長屋に押し入るつもりかな」

安田が言った。

「どうかな。わしは、ちがうような気がするが……」

源九郎は語尾を濁した。確信がなかったのである。

「人数を増やして襲うのではないかな」

菅井が顔をけわしくした。

「そうかもしれぬが、わしは、別の手でくるような気がする」

「別の手とは」

安田が訊いた。

「わしらを、ひとりひとり襲うのだ。……長屋を出たときを狙ってな」

四人は長屋を襲って失敗した。同じ轍《てつ》を踏まぬように、源九郎たちが長屋を出たときを狙い、ひとりを何人かで襲うのではあるまいか。

「迂闊《うかつ》に、長屋から出られないということか」

菅井が顔をしかめて言った。

「わしの推測だが、いずれにしろ、油断はせぬことだ」

源九郎は伊吉に、今夜は、ゆっくり休め、と言い置いて、腰を上げた。すでに、座敷の隅の行灯《あんどん》には火が点《とも》されていた。外は夜陰につつまれているはずである。

源九郎たちは戸口から出ると、それぞれの家に足をむけた。

「おい、華町」

と、菅井が後ろから声をかけた。

「なんだ」

源九郎が足をとめて振り返った。

「めしは、あるのか」

「ない」

源九郎は腹がすいていたが、水でも飲んで、今夜はこのまま寝るつもりだった。

「おれは、これから炊くつもりだ」

「うむ……」

几帳面《きちようめん》な菅井なら、これからめしを炊いても不思議ではない。

「どうだ、おれのところで、いっしょにめしを食わないか」

「そうできれば、ありがたいが」

空腹のままだと、なかなか寝付けないのだ。それに、炊かなければ、明日の朝もめしは食えない。

「華町と安田、それに里中、おれをくわえると四人になる。……古い将棋と駒を使えば、四人で将棋が楽しめる」

菅井が目を細めて言った。

「それに、酒もある。飲みながら、将棋を指してもいい」

さらに、菅井が言い添えた。

「いいな」

源九郎も、一杯やりながら将棋を指すのも悪くないと思った。それに、飲兵衛の安田が喜ぶだろう。

「くるか」

「行こう」

源九郎は踵《きびす》を返した。

七

「旦那、後ろの二本差し、両国橋を渡ったときから後ろにいやしたぜ」

茂次が、源九郎に身を寄せて言った。

「わしらを狙っているようだな」

源九郎も気付いていた。

背後から歩いてくる武士は、羽織袴姿で二刀を帯びていた。網代笠《あじろがさ》をかぶって顔を隠している。

源九郎は両国橋を渡る前から、網代笠をかぶった武士が半町ほど距離をとって後ろから歩いてくるのを知っていた。

源九郎は茂次と平太を連れて駿河台まで足を伸ばし、山崎家の近くで聞き込んだ帰りだった。源九郎は駿河台まで足を運んだが、何か聞き出したいことがあったわけではない。

狙いは、源九郎が囮《おとり》になることだった。源九郎は菅井たちと相談し、襲われるのを待つのではなく、だれかひとり囮になって大柄な武士たちを誘《おび》き出そうとしたのだ。

「どうしやす」

茂次が訊いた。

「もうすこし、待て。竪川沿いの通りに出てからだ」

源九郎は、竪川沿いの通りへ出て、さらに後ろの武士が尾《つ》けてくるようなら、長屋を襲った一味とみて仕掛けようと思った。

源九郎たち三人は、すこし足を速めた。平太だけは、源九郎よりすこし前を歩いていた。仲間と気付かれないように、離れて歩いたのである。

源九郎たちは、両国橋の東の橋詰を右手におれ、竪川沿いの通りへ出た。そこは、元町《もとまち》である。前方に竪川にかかる一ツ目橋が見えてきた。

源九郎は、チラッと背後に目をやった。

……くる！　しかも、ふたりだ。

いつの間にか、背後から来る武士は、ふたりになっていた。網代笠をかぶった武士のすぐ後ろに大柄な武士の姿があった。やはり、網代笠をかぶっている。

「平太！　長屋に知らせろ」

源九郎が声をかけた。

「へい」

平太は足を速め、左手にある細い路地に入ると走りだした。長屋にいる菅井たちに知らせるのである。

平太はすっとび平太と呼ばれるくらい足が速い。それに、この辺りは生まれ育った地で、通りや路地のことは、自分の家の庭のように知り尽くしていた。

源九郎は一ツ目橋の近くまで来たとき、それとなく背後に目をやった。

「三人だ！」

いつの間にか、後ろから尾けてくる武士が三人になっていた。大柄な武士の後ろに、もうひとり武士体の男の姿があった。網代笠をかぶっていなかったが、大柄な武士の背後にいるので、顔は見えない。

三人の武士の足が、速くなっていた。源九郎たちとの間合が狭まっている。

「茂次、足を速めるぞ」

源九郎たちは、はぐれ長屋につづく路地に入ってから仕掛ける手筈《てはず》になっていたのだ。

「へい」

源九郎と茂次は、足を速めた。

そして、はぐれ長屋につづく路地に入ると、小走りになった。

「旦那、やつら、走りだしやしたぜ」

茂次は、さらに足を速めた。

背後から迫ってくる三人の武士の足音が、すぐ背後で聞こえるようになった。

「ここだ」

源九郎は、路地沿いにあった表戸をしめた店の前に立った。その店仕舞いした店の脇にある路地は、長屋の近くに通じていた。その路地をたどって、菅井や安田たちが駆け付ける手筈になっていたのだ。

店の脇の路地から複数の足音が聞こえた。菅井たちが、近くまで来ているようだ。

三人の武士が、ばらばらと駆け寄ってきた。

「華町、覚悟しろ！」

大柄な武士が、源九郎の前に立ち塞《ふさ》がった。網代笠をかぶったままである。他のふたりは、源九郎の左右にまわり込んできた。

茂次は源九郎から間をとり、店の脇近くにいた。三人の武士は、茂次を無視していた。源九郎だけを仕留めるつもりらしい。

「やれ！」

大柄な武士が、叫びざま刀を抜いた。

すかさず、源九郎の左右にまわり込んだ武士も抜刀した。

「かかったな」

源九郎が刀の柄に手をかけて言った。

「なに……」

大柄な武士が、警戒するような顔をして左右に目をやった。待ち伏せでもしている者がいると思ったのかもしれない。

そのとき、店の脇の路地から人影が走り出た。

五人——。菅井、安田、里中と孫六、三太郎である。五人は、源九郎を取り囲んでいる武士たちの背後にまわり込むように走った。

「長屋のやつらだ！」

大柄な武士が叫んだ。

源九郎の左右に立ったふたりは、背後にまわり込んできた菅井たちに体をむけ、真ん中にいる大柄な武士に身を寄せた。

源九郎たち六人は、三人の武士を取り囲むような位置に立った。こうなると、源九郎たちが圧倒的に優勢だが、孫六と三太郎は少し身を引いている。

「引け！」

大柄な武士が、叫びざま、左手に立った里中をめがけて足早に身を寄せた。すると、他のふたりの武士も、里中にむかって動いた。一方を衝いて突破しようとしたらしい。

里中は驚いたように身を引いた。いきなり、三人の武士が身を寄せてきたからである。

イヤアッ！

突如、菅井が網代笠をかぶった武士の背後に迫り、居合の抜き付けの一刀をはなった。一瞬の太刀捌きである。

ザクッ、と武士の網代笠が裂け、肩から背にかけて小袖が裂けた。だが、切っ先は肌までとどかなかった。あらわになった肩に、血の色はなかった。

網代笠を斬られた武士は、悲鳴を上げて逃げだした。すると、大柄な武士と、もうひとりの武士も逃げた。

「待て！」

安田と里中が追ったが、三人の武士の逃げ足は速かった。すぐに安田たちとの間がひらいた。

安田と里中は、しばらく走ったところで足をとめた。源九郎と菅井が動かなかったので、追うのを諦めたようだ。それに、源九郎たち四人は、敵が逃げれば、無理して追わなくてもいいと決めてあったのだ。

……孫六たちが、跡を尾けているはずだ。

源九郎が胸の内でつぶやいた。

孫六、平太、三太郎の三人で、敵が逃走した場合、跡を尾けて行き先をつきとめることになっていたのだ。

第三章　正　体

一

孫六、平太、三太郎の三人は、三人の武士の跡を尾《つ》けていた。孫六たち三人は、気付かれないようにすこし間を置き、通行人を装って歩いていた。

前を行く三人の武士は、竪川沿いの通りにむかって足早に歩いていく。時々背後を振り返って見ていたが、孫六たちが尾行していることには気付かないようだ。

まだ、暮れ六ツ（午後六時）前だった。三人の武士は、路地から竪川沿いの通りに出ると、両国橋の方に足をむけた。

竪川沿いの通りは、人影が多かった。路地沿いの店も、商いをつづけている。

孫六たちは、三人の武士との間をすこしつめた。通行人が多くなったので、前を行く武士たちが振り返っても、尾行に気付かれないだろう。

三人の武士は、竪川沿いの通りから両国橋のたもとに出た。そのまま足早に橋を渡っていく。

「やつら、どこへ行く気ですかね」

孫六の後ろを歩いている平太が、孫六に声をかけた。平太は、孫六から十間ほど後ろを歩いていたが、間をつめたのである。

「どこかな。もうすこし、間をつめるぞ」

孫六が足を速めた。

両国橋から、西の橋詰の両国広小路に出ると大勢の人が行き来していた。そこは、江戸でも有数の賑やかな盛り場だった。その人波に紛れて、前を行く三人の武士の姿が見えなくなるときがあった。

孫六たちは、三人の武士との間をつめた。人込みのなかを抜けて、柳原通りに入ったとき、石町《こくちょう》の暮れ六ツの鐘の音が聞こえた。

孫六たちは歩調をゆるめて、前を行く三人の武士との間をひろげた。柳原通りに出ると、急に人影がすくなくなったのだ。

ただ、三人の武士は、後ろを振り返らなくなった。ここまで来れば、尾行者はいないと思ったのだろう。

神田川にかかる和泉橋《いずみばし》のたもとまで来たとき、前を行く三人の武士が右手に折れ、橋を渡り始めた。

孫六は、小走りになった。三人の姿が見えなくなったからだ。孫六は中風を患ったせいで、左足を引《ひ》き摺《ず》るように歩いたが、結構足は速かった。むかし、岡っ引きとして町筋を歩きまわったことで、足腰が鍛えられたのだ。

孫六の後ろを歩いていた平太が走りだし、孫六を追い越して前に出た。これを見た三太郎も走り出し、孫六の前に出て平太の後についた。孫六たち三人は、ときどき入れ替わって尾けることにしていた。三人の武士に、不審を抱かせないためである。

三人の武士は和泉橋を渡ると、すぐに二手に分かれた。網代笠《あじろかさ》をかぶったふたりの武士は、神田川沿いの道を西にむかい、もうひとりの武士はそのまま真っ直ぐ北に足をむけた。まだ、若い中背の武士だった。北へつづく道は、御徒町《おかちまち》通りにつづいている。

平太は足をとめ、三太郎に中背の武士の跡を尾けることを伝えてから、御徒町通りにむかった。

一方、三太郎と孫六は、神田川沿いの道を西にむかったふたりの武士の跡を尾けていく。

ひとりになった平太は足を速め、前を行く中背の武士の間を一町ほどにつめた。そして、通り沿いの店の軒下や物陰に身を隠しながら跡を尾けた。

しばらく歩くと、武家地になった。通り沿いには、小身《しょうしん》の旗本や御家人の屋敷がつづいていた。この辺りが、御徒町通りである。辺りが夕闇につつまれてきたせいもあって、通りの人影はほとんどなくなった。ときおり、供連れの武士や中間《ちゅうげん》ふうの男が通りかかるだけである。

武士は人影のない通りを足早に歩いた。しだいに、夕闇が濃くなってきた。前を行く武士の姿が、黒い影のように見えている。

武士は御徒町通りに入ってしばらく歩いた後、右手の路地に入った。平太は走った。武士の姿が見えなくなったからである。

平太は路地に入る角まで行って、路地の先に目をやった。武士の姿が見えた。御家人の屋敷らしい木戸門の前に立っている。

武士は路地の左右に目をやってから、門扉《もんぴ》をあけてなかに入った。この屋敷が、武士の住家らしい。

平太は足音を忍ばせて、木戸門に近付いた。門扉に身を寄せて聞き耳をたてると、なかから話し声が聞こえてきた。くぐもった声である。男と女の声であることは分かったが、何を話しているかは、聞き取れなかった。

平太は木戸門から離れ、男の入った屋敷の周囲に目をやった。そして、屋敷の脇に狭い空き地があり、欅《けやき》が枝葉を伸ばしているのを目にしてからその場を離れた。明日、ふたたびこの近くに来て欅を目印にし、屋敷を確かめるとともに住人が何者か確かめてみようと思ったのである。

そのころ、三太郎と孫六は、網代笠をかぶったふたりの武士の跡を尾けていた。ふたりの武士は、神田川沿いの道を西にむかって歩いていく。

前方に筋違御門《すじかいごもん》が近付いてきたとき、ふたりは右手の通りへ入った。そこは、御成街道《おなりかいどう》だった。

三太郎たちは走った。ふたりの武士の姿が見えなくなったからである。御成街道まで来て街道の先に目をやると、ふたりの武士の後ろ姿が見えた。足早に、北にむかって歩いていく。

御成街道は、濃い夕闇につつまれていた。日中は、多くの通行人で賑わっている街道だが、いまは人影がすくなかった。それでも、ぽつぽつと人影はあった。遅くまで仕事した職人ふうの男や酔客などが、通り過ぎていく。

その辺りは、神田仲町《かんだなかちょう》だった。通り沿いの店の多くは、表戸をしめていたが、飲み屋、料理屋、そば屋などからは灯《ひ》が洩《も》れ、男の談笑の声や嬌声《きようせい》などが聞こえてきた。

三太郎と孫六は、足を速めてふたりの武士に近付いた。辺りが暗くなったので、近付いても気付かれる恐れがなかったのだ。

仲町に入っていっとき歩いたとき、前を行くふたりの武士が足をとめた。そして、ふたりで何やら言葉をかわした後、その場で別れた。大柄な武士はまっすぐ北にむかい、もうひとりの武士は、右手の路地に入った。この武士は菅井の居合をあびて、小袖を斬られた男だった。

孫六と三太郎は、小走りになった。右手に折れた武士の姿が、見えなくなったからである。

路地の角まで来ると、細い路地の先に武士の後ろ姿が見えた。

「おれは、こっちを尾ける」

孫六が路地の先を指差した。

「あっしは、まっすぐ行きやす」

三太郎が街道の先に目をやって言った。

孫六は、すぐに路地に入った。一方、三太郎はすこし足を速めて、街道の先を歩いている大柄な武士との間をつめた。

孫六は路地沿いの店の軒下や物陰に身を隠しながら武士の跡を尾けた。武士は、路地に入ってから網代笠を取り、手に持ったまま歩いていた。そこは寂しい裏路地で、人影はすくなかった。路地沿いには、その日の商いを終えて表戸をしめた小体《こてい》な店や仕舞屋《しもたや》などがつづいていたが、空き地や草藪《くさやぶ》なども目についた。

武士は、板塀をめぐらせた家の前に足をとめた。借家ふうである。家の戸口から淡い灯が洩れていた。だれかいるらしい。

武士は家の戸口に立ち、何やら声をかけた後、板戸をあけてなかに入った。

孫六は足音を忍ばせて、家の戸口に近付いた。そして、戸口に立って聞き耳を立てると、男の声が聞こえた。

……おまえさん、遅かったね。

女の嬌声が聞こえた。

孫六は、武士の情婦《いろ》ではないかと思った。

……ああ、色々あってな。おたえ、酒はあるか。

男の低い声がした。いま、家に入った武士であろう。女は、おたえという名らしい。

……すぐ、支度するからね。

女の声につづいて、障子をあけるような音がした。女が、座敷から出ていったらしい。

孫六は、足音を忍ばせてその場から離れた。

二

源九郎の家に、七人の男が集まっていた。はぐれ長屋の用心棒たちである。孫六たち三人が、三人の武士の跡を尾けた二日後だった。

朝方、孫六が尾行でつかんだことを知らせるために顔を出した。そのとき、源九郎が、

「孫六、みんなを集めてくれんか。平太と三太郎からも聞きたいし、菅井たちも

どうなったか、気にしているはずだ」

そう言って、他の五人を集めたのである。

「酒はない。茶だけだぞ」

源九郎は孫六たちにも手伝ってもらい、鉄瓶で沸かした湯を使って湯飲みや茶碗に茶を注いだ。

源九郎たちは茶をいっとき喫した後、

「まず、孫六から話してくれ」

と、源九郎が声をかけた。

「あっしは、笠をかぶった男を尾けやした」

そう言って、御成街道から裏路地に入り、武士が借家らしい仕舞屋に入ったことをかいつまんで話した。

「その日は暗くなっちまったんで、そのまま帰《けえ》ってきやした。昨日の朝、三太郎、平太とあっしの三人で相談しやしてね。あらためて朝から出かけて、近所で聞き込んだんでさァ」

孫六はそう前置きし、武士の名が、町田佐之助《まちださのすけ》で、いっしょに住んでいるのが、妾《めかけ》のおたえであることを話した。

「どうだ、町田佐之助という男に覚えがあるか」

源九郎が集まった男たちに視線をまわして言った。

「いや、ない」

安田が言うと、その場にいた菅井も、「ないな」とつぶやいた。

「平太、話してくれ」

源九郎が平太に顔をむけて言った。

「あっしは、笠をかぶってねえ二本差しの跡を尾けやした」

そう前置きし、後を尾けた武士が御徒町の御家人の屋敷に入ったことを話した後、孫六と同じように翌日、出直して武士のことを探ったことを言い添えた。

「武士の名は」

源九郎が訊いた。

「須永栄次郎《すながえいじろう》でさァ」

平太が聞き込んだことによると、栄次郎は二十歳過ぎだが、須永家の冷や飯食いで、当主は須永重蔵《しげぞう》という八十石の御家人とのことだった。

源九郎は集まった男たちに、須永のことを知っているか訊《き》いたが、知る者はだれもいなかった。

平太につづいて三太郎が、

「面目《めんぼく》ねえ、あっしだけが、見失っちまったんで」

と、困惑したような顔をして切り出した。

三太郎によると、跡を尾けた大柄な武士は、御成街道を北にむかい、大名屋敷の手前を右手に折れたという。

三太郎は、武士の姿が見えなくなったので走った。そして、武士が入った通りに目をやると、武士の姿が大名屋敷の先に見えた。その辺りは町人地で、町家がつづいていた。

三太郎が足を速めて武士との間をつめようとしたとき、ふいに、武士は左手に折れた。そこに路地があるらしい。

また、三太郎は走り、武士が入った路地の角まで来て目をやったが、武士の姿がなかった。三太郎は、路地に飛び込んだ。

その辺りは下谷《したや》長者町《ちょうじゃまち》で、ごてごてと町家がつづいていた。三太郎は路地に入り、あちこち探ったが、武士の姿を目にすることはできなかった。

辺りは夜陰につつまれ、探しようがなくなったので、その日は長屋に帰り、翌朝あらためて長者町に行って、武士の行方を探った。

「どこに、消えちまったのか、だれに訊いても、分からねえんでさァ」

三太郎が、肩を落として言い添えた。

「気にするな。……ふたりの居所が知れたんだ。ふたりをたどれば、大柄な武士の居所もつかめるはずだ」

源九郎が、三太郎を慰めるように言った。

源九郎はすこし冷めた茶をすすって一息ついた後、

「さて、どうするな」

そう言って、集まった男たちに視線をむけた。

「町田か、須永か、どちらかをつかまえて、口を割らせるか。それとも、ふたりの跡を尾けて仲間の居所を探るかだな」

安田が言った。

「跡を尾けるのは、面倒だな。どちらかを押さえよう」

と、菅井。

「よし、ひとり、捕らえよう。どちらにするな」

源九郎が男たちに訊いた。

つづいて口をひらく者がなく、座敷が急に静かになったが、

「町田がいいんじゃァねえかな。やつは、妾のおたえとふたり暮らしだ。ふたりとも、押さえちまえば、しばらく、あっしらがやったことは、仲間たちにばれねえ」

孫六が、声高に言った。

「わしも、取り押さえるなら町田がいいとみた。須永は、御家人の屋敷に家族といっしょに住んでいるようだ。騒ぎが大きくなる恐れがあるからな」

源九郎が言うと、菅井と安田もうなずいた。

「よし、日を置かず、町田を押さえよう。それで、だれが行くな」

源九郎が、男たちに目をやった。

「おれが行く」

菅井が言うと、

「おれも行くぞ」

安田が身を乗り出した。

「ふたりがいくなら、わしは長屋に残ろう」

源九郎は、だれかひとり長屋に残った方がいいと思った。里中ひとりでは、須永たちに長屋に踏み込まれると、おはまと長太郎を守れきれないだろう。それに、町田ひとりなら菅井と安田のふたりと孫六たちで、十分である。

三

その日、昼前に孫六と平太がはぐれ長屋を出て、先に神田仲町にむかった。町田の住む妾宅《しょうたく》を見張るのだ。足の速い平太を連れていったのは、何かあったら長屋に知らせに来るためである。

昼過ぎ、菅井、安田、茂次、三太郎の四人が長屋を出て、源九郎だけが残った。菅井たちは町田の住む妾宅がどこにあるか知らなかったが、御成街道まで平太が出ていることになっていたので分かるはずだ。

菅井たちは、はぐれ長屋を出ると、竪川沿いの通りから両国橋を渡った。そして、柳原通りを西にむかって歩き、和泉橋を渡って御成街道へ出た。

「賑やかだな」

菅井が御成街道を北にむかいながらつぶやいた。

七ツ（午後四時）ごろだった。御成街道は賑わっていた。旅人や駄馬《だば》を引く馬子《まご》などにくわえ、寛永寺の参詣客や不忍池《しのばずのいけ》の周辺にある茶屋や料理屋などへ行く遊山客《ゆさんきゃく》などが行き交っていた。

「これでは、町田を捕らえても、長屋まで連れていけないぞ」

安田が顔をしかめて言った。人込みのなかを、縄をかけた町田を連行してくるわけにはいかない、と思ったようだ。

「暗くなってから、連れて帰ればいい」

菅井が言った。

「それしかないな」

安田と菅井がそんなやり取りをしながら歩いていると、先を歩いていた茂次が、

「平太がいやすぜ」

と言って、街道の先を指差した。

見ると、平太が走ってきた。菅井たちの姿を目にしたらしい。

平太が走り寄ると、

「町田はいるか」

すぐに、菅井が訊いた。長屋を出るときから、気になっていたのである。

「いやす。孫六親分が、見張ってまさァ」

平太が昂《たかぶ》った声で言った。

「連れていってくれ」

「こっちで」

平太が先にたった。

平太は菅井たちを神田仲町の路地へ連れて行き、

「あの家でさァ」

と言って、路地の先を指差した。

そこは寂しい裏路地だった。路地沿いには小体な店や仕舞屋などがつづいていたが、空き地や草藪なども目についた。

その路地沿いに、板塀をめぐらせた仕舞屋があった。借家ふうの家である。

「孫六は」

菅井が平太に訊いた。

「呼んできやす」

平太は足早に借家にむかった。

すぐに、平太は板塀の陰に身をひそめていた孫六を連れてもどってきた。

孫六によると、町田と妾のおたえは家にいるとのことだった。

「踏み込むか」

菅井が西の空に目をやって言った。

陽は西の家並のむこうにまわっていた。まだ、路地には日中の明るさが残っていたが、あと半刻（一時間）もすれば、寛永寺の暮れ六ツ（午後六時）の鐘が鳴るのではあるまいか。

「仕掛けよう」

安田が意気込んで言った。

「よし」

菅井たちは、借家に足をむけた。家の戸口近くまで来ると、

「おれと、茂次は裏手にまわるぞ」

安田が言って、茂次とともに板塀の陰をたどって裏手にまわった。安田と茂次は背戸から踏み込む手筈《てはず》になっていたのだ。

菅井、平太、孫六、三太郎の四人が、借家の戸口に身を寄せた。菅井が聞き耳をたてると、家のなかでくぐもった声が聞こえた。男と女の声だった。瀬戸物の触れ合うような音もした。夕飯でも食っているのであろうか。

「入るぞ」

菅井が声を殺して言い、板戸をあけた。

菅井と孫六が踏み込んだ。孫六は、古い十手を手にしていた。むかし使った十手を持ってきたらしい。

平太と三太郎は土間に入らず、戸口に立っていた。土間が狭かったこともあるが、ふたりは、町田が逃げ出した場合、跡を尾けて行き先をつきとめるつもりだった。

土間の先がすぐに座敷になっていた。武士と年増《としま》が座っていた。武士は町田らしい。年増は、おたえであろう。町田の膝先に銚子の載った膳が置いてあった。町田は銚子を手にしていた。おたえを相手に酒を飲んでいたらしい。

「菅井か！」

町田は叫びざま、膝の脇に置いてあった大刀をつかんで立ち上がった。

町田の姿を見た菅井は、はぐれ長屋で背中に斬りつけた武士であることが、分かった。小袖は着替えたらしく、裂けていなかったが、その体躯《たいく》に見覚えがあったのだ。

「町田、観念しろ！」

菅井は座敷に踏み込み、居合の抜刀体勢をとった。

それを見た町田の顔から、血の気が引いた。菅井の居合に、斬られそうになったばかりである。

「お、おのれ！」

町田は抜刀したが、切っ先が震えていた。

おたえが、町田の手にした抜き身を見て、ヒイイッ！　と喉を裂くような悲鳴を上げ、這《は》って座敷の隅に逃げた。

菅井が町田に身を寄せようとすると、町田は刀を手にしたまま左手に逃げた。裏手へつづく廊下がある。町田は、廊下から裏手へ逃げようとしたらしい。

そのとき、裏手で荒々しく戸をあける音がした。安田たちが、背戸から踏み込んできたのだ。

町田は廊下に出たまま動かなかった。いや、動けなかったらしい。安田の姿が廊下の先に見えたのだろう。

町田は目をつり上げ、切っ先を菅井にむけた。ここで、闘う気になったようだ。

菅井は、居合の抜刀体勢をとったまま町田に近寄った。

菅井は摺り足で町田に迫っていく。全身に気勢が漲《みなぎ》り、抜刀の気配が高まってきた。町田は青眼に構えて、剣尖《けんせん》を菅井にむけた。切っ先が、震えている。高揚と恐怖のせいであろう。

菅井は一気に斬撃の間合に迫った。そして、居合の抜き付けの一刀をはなつ一歩手前まで来ると、
イヤアッ！

いきなり、裂帛《れっぱく》の気合を発して抜き付けた。

シャッ、という刀身の鞘走《さやばし》る音とともに、閃光《せんこう》が逆袈裟《ぎゃくげさ》にはしった。だが、切っ先は町田の体から一尺ほども離れていた。菅井は、あえて切っ先のとどかない遠間《とおま》から仕掛けたのだ。

一瞬、町田は身を引いたが、菅井が抜刀したのを見て、一歩、踏み込んだ。いまなら、菅井を斬れるとみたのかもしれない。

町田は青眼から刀身を振り上げた。この動きに合わせ、菅井は刀身を峰に返して脇構えにとった。

タアリャ！

甲走《かんばし》った気合を発し、町田が真っ向へ斬り下ろした。

刹那《せつな》、菅井は右手に踏み込みながら、刀身を横一文字に払った。次の瞬間、町田の切っ先が、菅井の肩先をかすめて空を切り、菅井の峰打ちが、町田の腹を強

打した。

町田は、グワッという呻《うめ》き声を上げてよろめいた。そして、刀を取り落とし、腹を手で押さえてうずくまった。

「動くな！　首を落とすぞ」

菅井が、切っ先を町田の首筋にむけた。

そこへ、安田と茂次が裏手から駆け付け、さらに物音を耳にした平太と三太郎も家に入ってきた。

「縄をかけろ！」

菅井が声をかけると、すぐに孫六が町田の両腕を後ろにとって縄をかけた。隠居する前は岡っ引きだったこともあって、こうしたことは手際がいい。

孫六が町田を縛り上げたとき、座敷の隅に逃げていたおたえが、這って戸口の方へ逃げた。外へ飛び出そうとしたらしい。

これを見た平太と三太郎が、おたえを追い、両肩をつかんで押さえつけた。

「女にも、縄をかけてくれ。長屋に連れていく」

安田が、平太と三太郎に声をかけた。

平太が、懐から細引《ほそびき》を取り出した。平太は、浅草諏訪《すわ》町《ちよう》に住む栄造《えいぞう》という岡っ引きの手先でもあった。もっとも、栄造の手先として探索にあたることは、滅多になかった。栄造は孫六の知り合いだったこともあって、平太の望みを聞いて下っ引きにしたが、よほどのことがなければ、若い平太を使うことはなかったのだ。

平太は三太郎とふたりで、おたえに縄をかけた。

「ふたりを、長屋に連れていきやすか」

孫六が訊いた。

「もうすこし暗くなってからだな」

菅井たちは、捕らえたふたりを夜陰に紛れてはぐれ長屋まで連れていくつもりだった。

四

菅井たちが、町田とおたえをはぐれ長屋の菅井と里中の住む家に連れ込んだのは、夜が更けてからだった。

座敷には、菅井、里中、安田、源九郎、孫六、それに捕らえてきた町田とおたえの姿があった。茂次、平太、三太郎の三人は、それぞれの家に帰っていた。町田とおたえの訊問《じんもん》は、源九郎たち五人で十分である。

源九郎たちは、まず町田を座敷のなかほどに座らせ、五人で取り囲んだ。おたえは、後ろ手に縛り、猿轡《さるぐつわ》をかましたまま部屋の隅に座らせておいた。

「長屋に踏み込んだ三人のうち、おぬしと須永栄次郎は分かっているが、もうひとりの名は」

源九郎が、静かだが重いひびきのある声で訊いた。

「し、知らぬ」

町田が声を震わせて言った。

「おい、わしらはな、ここでおぬしの首を落としてもいいのだぞ。おぬしらが、長屋に踏み込んできて、住人を襲ったのだからな。おぬしを斬っても、だれも咎《とが》めはせぬ」

「……！」

町田の体の顫《ふる》えが大きくなった。

「それとも、須永やもうひとりの男に義理でもあるのか」

「義理などない」

町田が吐き捨てるように言った。

「ならば、話せ。もうひとりの男の名は」

「さ、坂井《さかい》森十郎《しんじゅうろう》……」

町田が声をつまらせて言った。

「坂井な」

源九郎は、座敷にいた里中や菅井たちに目をやった。坂井のことを知っている者がいるかどうか、確かめたのである。

里中たちは首をかしげたり横に振ったりしただけで、何も言わなかった。だれも、坂井のことを知らないようだ。

「坂井は幕臣か」

源九郎が声をあらためて訊いた。

「いまはちがう。……御家人の冷や飯食いだったが、いまは家を出ている」

町田によると、坂井は五年ほど前に家を出たままもどらないという。

「すると、牢人か」

「いや、旗本に仕えているらしい」

「なんという旗本だ」

「重山《しげやま》だったか、重森《しげもり》だったか……。はっきり、覚えていない」

「その旗本の屋敷はどこにある」

源九郎が語気を強くして訊いた。

「聞いたような気もするが、覚えていない。……坂井どのは、ちかごろ旗本の屋敷に出入りしてないようだ」

町田は首をひねった。隠しているようには、見えなかった。本当に知らないようだ。

「おぬしは、どこで、坂井と知り合ったのだ」

「剣術道場だ」

「その剣術道場は、だれの道場だ」

源九郎が訊いた。

「師匠は、一刀流の阿部市右衛門《あべいちえもん》さまだが、三年ほど前に病のために亡くなり、いまは阿部道場はとじられている」

町田によると、阿部道場は神田岩井町《いわいちょう》にあったという。

「阿部道場な。聞いたような気もするが……」

源九郎が菅井たちに目をやると、里中が、

「それがしも、阿部道場のことは聞いたことがあります。町田の言うとおり、道場主は亡くなって、道場はとじたはずです」

と、身を乗り出すようにして言った。

「町田、おぬしも阿部道場の門弟だったのか」

源九郎が訊いた。

「そうだ」

町田によると、須永も門弟で、坂井は師範代だったという。

「おぬしたちは、阿部道場で知り合ったのか」

源九郎が訊くと、町田はちいさくうなずいた。

「ところで、坂井の住処《すみか》はどこだ」

「下谷長者町だ」

「長者町は分かっている。長者町のどこだ」

源九郎は、三太郎から坂井を長者町で見失ったと聞いていた。

「美駒屋《みこまや》という下駄《げた》屋の斜向《はす》かいの借家に住んでいるはずだ」

「美駒屋な」

三太郎は、坂井を見失った路地を知っているので、下駄屋はすぐに分かるだろう、と源九郎は踏んだ。

源九郎が口をつぐんだとき、脇にいた安田が、

「もうひとり仲間がいたな。一ツ目橋のそばで、おれが右腕を斬った男だ。あやつは、何者だ」

と、町田に訊いた。

一ツ目橋の近くで、おはまと長太郎が、三人の武士に襲われたとき、安田と源九郎が助けに入り、そのとき安田が、瘦身《そうしん》の武士の右腕を斬ったのだ。

「粟島康之助《あわしまやすのすけ》どのだ」

町田によると、粟島も阿部道場の門弟で、坂井に誘われて仲間にくわわったという。ところが、安田に右腕を斬られ、死にはしなかったが、刀が自在に遣えなくなり、いまは坂井たちから遠退《とおの》いているそうだ。

「ところで、坂井たちは、なにゆえおはまと長太郎の命を狙うのだ」

源九郎が声をあらためて訊いた。

「坂井どのが、依頼されたようだ」

「だれに依頼されたのだ」

「はっきりしたことは知らないが、坂井どのが仕えている旗本ではないかな」

「重山か重森かはっきりしない、と口にした旗本だな」

「そうだ」

「だが、仕えている旗本とはいえ、門弟だった者たちを集め、命を賭《か》けてまでやるからには、相応の理由があるはずだぞ」

源九郎が町田を見すえて言った。茫洋《ぼうよう》とした顔がひきしまり、いつになく眼光が鋭かった。

「か、金が出ているようだ」

町田が、声をつまらせた。おそらく、町田にも、金が渡っているのだろう。

「金だけか」

さらに、源九郎が訊いた。

「うまくいけば、仕官も叶《かな》うと……」

町田は語尾を濁した。はっきりしない話なのだろう。

「仕官だと」

源九郎は、どうやら坂井たちの裏には、力のある旗本がいるようだと思った。それも、山崎家とかかわりのある旗本にちがいない。

源九郎たちは町田から話を聞き終えると、つづいておたえを訊問した。

おたえは、此度《こたび》の件のことは、ほとんど知らなかった。ただ、おたえは、坂井と須永の名と、ふたりが妾宅に来たことがある、と口にしただけだった。

おたえの訊問が終ると、座敷の隅にいた町田が、

「おれたちを、どうする気だ」

と、身を乗り出すようにして訊いた。

「しばらく、長屋にいてもらう。始末がついたら、そのとき考えよう」

源九郎は、始末がついたら町田とおたえは解き放ってもいいと思ったが、いま帰すと、すぐに坂井の許に走るだろう。

町田とおたえは、しばらく菅井の家で監禁しておくことになった。ふたりの世話は、源九郎の仲間たちがみることになるだろう。

五

町田から話を聞いた翌日、源九郎は三太郎とふたりで長者町にむかった。坂井の住処を確かめようと思ったのだ。

また、安田は岩井町に出かけ、阿部道場のことを探ってみることになった。孫六と平太は御徒町に出かけ、あらためて須永のことを聞き込んでみるという。

菅井と茂次は、長屋に残った。町田たちを監禁していたこともあったが、里中

とともにおはまと長太郎を守るためである。茂次は、連絡役だった。

源九郎と三太郎が長者町に入って間もなく、

「坂井が入ったのは、その路地でさァ」

そう言って、三太郎が路地を指差した。

「入ってみよう」

源九郎たちは、路地に足をむけた。

小体な店や仕舞屋などが、路地沿いに軒を連ねていた。細い路地だが、ぽつぽつと人影があった。町人がほとんどで、武士はあまり見かけなかった。

「美駒屋という下駄屋だったな」

源九郎は下駄屋を探しながら歩いたが、目にとまらなかった。

「だれかに、訊いてみるか」

「あっしが、訊いてきやす」

三太郎は路地沿いにあった八百屋に入り、親爺《おやじ》らしい男と何やら話していたが、すぐにもどってきた。

「旦那、この先に美駒屋はあるそうでさァ」

「行ってみよう」

源九郎たちは路地を歩いた。

一町ほど歩くと、下駄屋があった。思っていたより小体な店だった。店先の台に、綺麗《きれい》な鼻緒の下駄が並んでいる。

「あれだな」

源九郎が指差した。

下駄屋の斜向かいに、借家らしい仕舞屋があった。低い板塀がめぐらせてある。路地に面したところに丸太を二本立てただけの簡素な吹き抜け門があった。そこから、出入りするらしい。

「まず、下駄屋で訊いてみるか」

源九郎は下駄屋の店先まで行って、なかを覗《のぞ》いてみた。店の親爺らしい中年の男が、奥の板間に腰を下ろし、下駄の台に鼻緒をすげていた。

源九郎は店に入り、

「ちと、訊きたいことがあるのだがな」

と、親爺らしい男に声をかけた。

「なんです」

男の顔に、警戒するような色が浮いた。いきなり老齢の武士が入ってきたからだろう。

「そこに、借家があるな」

源九郎が借家のある方を指差した。

「ありやす」

「この辺りの借家に、坂井森十郎どのが住んでいると聞いてまいったのだが、坂井どのの住まいかな」

源九郎が坂井の名を出して訊いた。

「そうで」

親爺は、赤い鼻緒を手にしたまま言った。

「坂井どのは、独り暮らしか」

「おきぬさんってえ、ご新造さんといっしょでさァ。……ご新造さんかどうか、分からねえが」

親爺の顔に薄笑いが浮いたが、すぐに消えた。相手が武士なので、気を使ったらしい。

「坂井どのは、ふだん何をしているのかな。いや、家にいるなら、頼みたいことがあるものでな」

源九郎は、坂井のことを聞き出すためにそう言ったのだ。

「旗本に、お仕えしていると聞いてやす。……今朝も、出かけるのを見掛けやした」

「そうか。お仕えしている旗本の名は分かるかな」

「名は聞いてねえなァ」

親爺は、首をひねった。

源九郎はこれ以上訊いても新たなことは分からないとみて、

「手間をとらせたな」

と言い置いて、店を出た。

店先で待っていた三太郎とともに、源九郎は坂井の住む借家に足をむけた。坂井は出かけているようだが、家の様子を見てみようと思ったのである。

源九郎と三太郎は、吹き抜け門の丸太の脇まで行って、家の戸口を覗いてみた。板戸はしまっていた。家のなかからかすかに、床板を踏むような足音が聞こえた。おきぬという坂井といっしょに暮らしている女ではあるまいか。下駄屋のあるじの口振りからすると、妾のようだ。

源九郎たちは、すぐに門の前から離れた。路地を半町ほど歩くと、舂米屋《つきごめ》があった。店先で、親爺らしい男が米を買いにきたらしい年増と話していた。近所に住む町人の女房らしい。

女房らしい女が店先から離れたので、源九郎は店先に近付き、

「ちと、訊きたいことがある」

と、声をかけた。三太郎は、源九郎に仕える下男らしい顔をして背後に控えている。

「へえ……」

親爺は、警戒するような目をして源九郎を見た。

源九郎は近くの借家に住む坂井の名を出し、むかし同じ旗本に仕えたことがあると口にした後、

「坂井どのは、家にいないようだが、どこへ出かけたか知っているか」

と、訊いた。源九郎は、坂井が仕えている旗本の名を知りたかったのだ。

「分からねえ」

親爺は首をひねった。

「お仕えしている旗本の屋敷ではないかと思うのだがな」

「そうかもしれねえ」

「坂井どのは、いまも重山さまにお仕えしてるのかな」

源九郎は、町田から聞いた重山の名を出してみた。

「重山さまじゃァねえ。重森さまと、聞いていやす」

親爺が言った。

どうやら、坂井が仕えているのは、重森という旗本らしい。

「重森だったかな。……それで、重森さまのお屋敷は、どこにあるのだ。坂井どのは、今日も重森さまのお屋敷にいったのではないかな」

「本郷《ほんごう》と聞いたような気がしやすが……」

親爺は、首をひねった。はっきりしないらしい。

それから、源九郎は坂井の仲間のこともそれとなく訊いてみたが、親爺は知らなかった。

源九郎は親爺に礼を言って、店先から離れた。

「旦那、だいぶ様子が知れやしたね」

三太郎が、源九郎に身を寄せて言った。

六

　その日、源九郎と三太郎ははぐれ長屋に帰ると、菅井の家に立ち寄った。菅井と里中は将棋を指していた。茂次は退屈そうな顔をして将棋盤を眺めている。

「華町、いいところに帰った。ちょうど、勝負がついたところだ」

　菅井が得意そうな顔をした。菅井が、勝ったらしい。

　源九郎は将棋盤の脇に腰を下ろすと、

「将棋は後だ。里中どのに、訊いてみたいことがあってな」

　源九郎が顔をけわしくして言った。

「そ、そうか」

　菅井は、渋々駒を片付け始めた。

　さすがに、菅井も源九郎たちが聞き込みにあたっている間中、将棋を指していたことで気が引けたのだろう。

「おはまと長太郎を襲った武士たちの頭格《かしらかく》の坂井は、重森という旗本に仕えているらしいのだが、何か心当たりはあるかな」

　源九郎が里中に訊いた。

「重森ですか。聞いたような気がするが……」

里中はいっとき記憶をたどるように虚空に視線をむけていたが、

「重森という旗本の屋敷は、どこにあるか分かりますか」

と、源九郎に顔をむけて訊いた。

「本郷らしい」

「本郷ですか」

里中は口をとじていたが、

「奥方のご兄弟かもしれない」

と、つぶやくような声で言った。

「奥方というと、山崎さまの奥方か」

「そうです。十数年も前のことのようですが、奥方の佳乃《よしの》さまの弟の久之助《ひさのすけ》さまが、重森という旗本の婿に入ったと聞いた覚えがあります」

「奥方の弟か」

源九郎は胸の内で、坂井たちと山崎家がつながったと思った。此度の件の裏で糸を引いているのは、旗本の重森ではあるまいか。

翌日、源九郎は里中と茂次を連れて本郷にむかった。里中が、重森の屋敷のある場所を覚えていたので、同行することになったのだ。また、茂次は長屋に籠《こも》っているのに飽きたらしく、三太郎に代わってくれと頼んだのだ。

里中がいない間、菅井と安田が長屋に残ることになった。

源九郎たちは、神田川沿いの通りから中山道に入り、本郷にむかった。前方右手に加賀《かが》百万石、前田《まえだ》家の上屋敷が迫ってきたところで、

「たしか、この道です」

そう言って、里中が左手の通りに入った。

通り沿いにつづく店の間を抜けると、武家地になり、小身の旗本と御家人の屋敷がつづいていた。その通りをしばらく歩いてから、里中は路傍に足をとめ、

「そこの屋敷が、重森さまの屋敷です」

と言って、斜向かいにある旗本屋敷を指差した。

片番所付きの長屋門だった。門の両側に、築地塀《ついじべい》がつづいていた。三百石ほどの旗本らしい。

荒れた屋敷である。築地塀は所々崩れ、塀越しに見える庭木は、ぼさぼさに枝葉を茂らせていた。長い間、植木屋が入っていないらしい。

「重森家の様子を訊いてみたいな」

源九郎は、久之助と坂井たちとのかかわりを知りたかったのだ。

「近所の者に、訊ければいいんですが」

そう言って、里中が通り沿いにつづく武家屋敷に目をやった。

すると、半町ほど離れた旗本屋敷の表門の脇のくぐりからふたりの武士が出てきた。その屋敷の旗本に仕える家士らしい。

ふたりは、何やら話しながらこちらに歩いてくる。

「それがしが訊いてみます」

里中がふたりの武士に足をむけると、源九郎もつづいた。茂次だけは、路傍に立っていた。この場は、源九郎と里中にまかせようと思ったのだろう。

「お訊きしたいことが、ござる」

里中が、ふたりの武士に声をかけた。

「何でござるか」

三十がらみと思われる赤ら顔の男が、訝《いぶか》しそうな顔をして、里中と源九郎に目をむけた。

「そこに、重森さまの屋敷があるのだが、ご存じかな」

里中が言った。

「知っている。近所だからな」

「実は、それがし、さる方から重森家に奉公しないかと声をかけられたのだが、迷っているのです。それというのも、重森家の内情を知らないもので」

「……」

赤ら顔の男は、無言で里中に目をむけている。まだ、訝しそうな表情は消えなかった。

「非役と訊いたのだが、まことでござるか」

さらに、里中が訊いた。

「そうです」

赤ら顔の男の脇にいた目の細い男が答えた。口許に薄笑いが、浮いている。重森家には、嘲笑《ちようしよう》されるようなことがあるようだ。

「ご家族は」

里中が訊いた。

「奥方とお子が三人おられます」

目の細い男が、子供は男がふたり、女がひとりと言い添えた。

「お子は、まだちいさいのかな」

「いや、長男は、十五、六になるはずですよ」

目の細い男の話によると、次男は十二、三歳で、長女は十歳ほどだという。

「すると、重森さまは、かなりの年配になるな」

里中がつぶやくような声で言うと、

「四十がらみのはずですよ」

黙って聞いていた赤ら顔の男が、口をはさんだ。

「つかぬことを訊きますが、ちかごろ胡乱《うろん》な武士が、屋敷を出入りしているようなことはありませんか」

里中は、坂井たちを念頭に置いて訊いたらしい。

「ありますよ」

赤ら顔の男の口許に薄笑いが浮いた。

「重森家に仕える者ではないようだが」

里中が、小声で訊いた。

「遊び仲間のようです。くわしいことは知りませんが、重森家に奉公していた下男から、重森さまは、料理茶屋や吉原などに出かけて散財されていると聞きましたよ。大きい声では言えませんが、屋敷が荒れているのもそのせいですよ」

赤ら顔の男は声をひそめて話すと、その場を離れたいような素振りを見せた。

すると、もうひとりの目の細い男も歩きかけた。

「しばし」

源九郎が呼びとめた。

「重森どのは、岩井町の剣術道場に通っていたことはないかな」

源九郎は、重森が坂井たちとつながったとしたら、阿部道場ではないかとみたのだ。

「ありますよ。……七、八年ほども前に、やめたようですが」

赤ら顔の男は、それがしたちは、これで、と言い残し、目の細い男とともにその場から離れていった。

「つながったな。重森は、阿部道場で坂井たちと知り合ったようだ」

源九郎が言った。

「それにしても、重森たちは、なぜおはまどのと長太郎の命を狙うのでしょうか」

里中が不可解そうな顔をした。

「山崎家の相続にかかわってのことだろうな」

源九郎が顔をけわしくして言った。

七

「里中どの、豊島どのに会えるかな」

源九郎が、中山道へもどりながら里中に話しかけた。

「お屋敷へ行けば、おられるはずです」

「豊島どのに、訊きたいことがあるのだ」

源九郎は、豊島なら山崎家の相続に重森がかかわっているかどうか知っているのではないかと思った。それに、山崎庄右衛門のちかごろの病状も聞いておきたかったのだ。

「これから行きますか」

「突然、伺《うかが》ってもかまわないのか」

「豊島さまに会うだけなら」

里中は、話を通してからでないと殿に会うことはできないと言い添えた。

陽はまだ頭上にあった。八ツ（午後二時）ごろであろう。山崎家へ寄る時間は十分にある。

源九郎たち三人は、中山道を湯島方面へむかったが、昌平橋のたもとで茂次だけが別れた。茂次は山崎家の屋敷には行かず、このままはぐれ長屋に帰るのである。

源九郎と里中は昌平橋を渡り、渡った先のたもとを右に折れて神田川沿いの通りを東にむかった。山崎家の屋敷は、駿河台にあったのだ。

里中は山崎家の表門の前まで来ると、

「いま、門番に話してきます」

と源九郎に声をかけ、番所にいる若党に事情を話した。

源九郎たちが表門の前でいっとき待つと、くぐりがあいて豊島が顔を出した。

「華町どの、よう来てくれた。入ってくれ」

そう言って、豊島はくぐりから源九郎と里中を入れた。

豊島が源九郎と里中を案内したのは、玄関を入ってすぐの客間だった。源九郎と里中が座敷に腰を下ろすとすぐ、

「おはまどのと長太郎が、どうかしたのか」

豊島が、心配そうな顔をして訊いた。

「いや、ふたりとも無事だ。元気に暮らしている。ふたりとも、長屋の暮らしに馴染《なじ》んできたようだし、心配はない」

源九郎が言った。

「それは、よかった」

豊島はほっとした顔をした。

「実は、一ツ目橋のたもとで襲ってきた坂井森十郎たちが長屋に押し込んできたのだが、里中どのの奮闘もあって、何とか撃退したのだ」

源九郎はそのときの様子をかいつまんで話した後、

「ただ、坂井たちの襲撃からふたりを守るだけではいつになっても、始末はつかないとみている。それで、坂井たちを討ち取ろうと思っているのだ」

源九郎が、すでにひとりを捕らえ、一味のことを自白させたことを言い添えた。

話を訊いた豊島は、驚いたような顔をし、

「さすが、華町どのたちだ」

と、感嘆の声を上げた。

「それで、坂井の身辺を探っていると、背後で重森久之助という旗本が糸を引いていることが分かってきた」

「重森久之助……」

豊島は小首をかしげた。すぐに、思い当たらないらしい。

「奥方の佳乃さまの弟です」

里中が小声で言い添えた。

「田沢《たざわ》家から、婿にいかれた弟か」

豊島は、思い出したようだ。

つづいて、豊島が話したことによると、奥方の佳乃の実家は田沢家で、四百石の旗本だそうだ。家を継いでいるのは嫡男だった田沢豊右衛門《とよえもん》で、五十代半ばだという。ときおり、妹の佳乃に会いに山崎家に顔を出すことがあるそうだ。

「重森どのから、山崎家の跡取りのことで何か話はなかったかな」

源九郎が訊いた。

「まったくない。ここ数年、奥方の弟の重森さまが、屋敷に見えたことはないのだ」

豊島がはっきりと言った。

「そうか。田沢家からは、どうです」

源九郎が訊くと、豊島はいっとき視線を膝先に落として黙っていたが、

「ある」

と、声をひそめて言った。

「どんな話をしたか、聞いているかな」

「病床の殿に会われ、奥方のお子の菊江さまに婿を迎えてはどうかと……」

豊島の顔に困惑の色が浮いた。

「菊江という子は、まだ八歳と聞いているが」

源九郎が驚いたような顔をした。

「そうなのだ」

「いくらなんでも、八歳の子に婿をとり、家を継がせるのは無理ではないか」

「殿もそう思われたらしく、田沢どのの話は断られたようだが……」

豊島が戸惑うような顔をして語尾を濁した。

「その後も、何かあったのか」

源九郎がさらに訊いた。

「屋敷に何度か来て、いまは婿の約束だけにし、二、三年したら実際に婿を迎えたらどうかと話されたらしい」

「それで、田沢は、だれを婿に迎えるよう話したのだ。……田沢家には、年頃の男の子がいるのかな」

田沢家から婿を迎えれば、菊江の従兄弟《いとこ》ということになるが、いっしょにすることもできないことはない。

「いや、田沢家の男子は嫡男だけで、すでに嫁を迎えている」

豊島が、首を横に振った。

「では、弟の重森久之助の子ではないか」

源九郎は、重森には、十五、六になる長男と、十二、三になる次男がいると聞いたばかりである。しかも、重森自身婿として他家を継ぎ、姓も変わっている。

「だれの子かは、聞いていないのだ」

豊島が言った。

「それで、山崎さまは、どう返事されたのだ」

「その話も、断られたらしい。……ここまできたら、華町どのには話しておくが、殿の頭には長太郎さまのことがあるのだ。いま、長太郎さまは十二歳であられる。跡取りとして屋敷に迎えて元服させれば、いずれ家を継ぐことはできるし、相応の歳になってから嫁をもらうこともできる」

豊島は、長太郎さまと呼んだ。いずれ、山崎家を継ぐ者と思っているらしい。

「そうだな」

源九郎も、長太郎が山崎家に入れば、跡継ぎの心配はしなくて済むと思った。だが、長太郎が命を落とすようなことになれば、菊江しか山崎の血を継ぐ者はいなくなる。菊江に婿をもらうより他になくなるのだ。

……やはり、坂井たちの背後には重森がいる。

と、源九郎は確信した。

「ところで、豊島どのにお訊きしたいことがあるのだがな」

源九郎が声をあらためて言った。

「何かな」

「なにゆえ、山崎さまは、おはまどのと長太郎を屋敷に引き取るのを躊躇《ちゅうちょ》されているのかな」

源九郎は、おはまたちを長屋暮らしなどさせずに、すぐに屋敷に引き取って、わが子として暮らせば、相続争いは起こらないのではないかと思ったのだ。

「嫡男の誠之助さまが亡くなられて、それほどの年月が経っていないこともあるが、殿の胸の内には、やはり、奥方の佳乃さまと菊江さまのことがあるらしい。

……屋敷に、おはままと長太郎さまを迎えれば、奥方さまたちの居場所がなくなってしまう。菊江さまはともかく、奥方は屋敷に居辛くなるのではあるまいか。……殿は、そのことを懸念され、迷っているらしいのだ」

豊島がしみじみとした口調で言った。

「うむ……」

源九郎にも、山崎の気持ちが分からないではなかった。そうかといって、おはまと長太郎をいまのままにしておけば、山崎家の存続が危うくなるのだ。

それから、源九郎と豊島はいっとき口をつぐんでいたが、

「山崎さまのご病気は、どうです」

と、源九郎が訊いた。

「お変わりないようだ」

豊島によると、山崎の症状が悪化した様子はなく、寝たり起きたりの暮らしがつづいているという。

「ただ、殿の病状が回復する見込みもないので……」

豊島が顔を曇らせて言い添えた。

第四章　人質

一

戸口の腰高障子が朝陽を映じて、淡い蜜柑色《みかんいろ》にかがやいていた。五ツ（午前八時）を過ぎたころだろう。

源九郎はひとり、はぐれ長屋の家で茶を飲んでいた。めずらしく昨晩炊いた残りのめしを湯漬けにして食った後、茶を淹《い》れたのである。

源九郎が里中とともに山崎の屋敷を訪れて、三日経っていた。今日は長屋に残って、おはまと長太郎のそばにいるつもりだった。

長屋は静かだった。男たちの多くは仕事に出て、長屋に残っている女たちは朝めしの片付けを終えて、一休みしているころである。

そのとき、戸口に近付いてくる足音がした。孫六らしい。孫六は、左足をすこし引《ひ》き摺《ず》るようにして歩くので、足音で聞き分けられるのだ。

「旦那、起きてやすか」

戸口で、孫六が声をかけた。

「ああ、起きている」

源九郎が答えると、すぐに腰高障子があいた。

土間に入ってきた孫六は、源九郎が茶を飲んでいるのを見て、

「旦那、朝めしを食ったんですかい」

と、驚いたような顔をして訊《き》いた。

「あたりまえだ、いま、何時《なんどき》だと思っておるのだ」

「めずらしいこともあるもんだ。旦那がひとりで、朝めしの支度をして食ったなんて」

孫六は、上がり框《がまち》に腰を下ろした。

「孫六、何しに来たのだ。まさか、わしが朝めしを食ったかどうか、見に来たわけではあるまい」

「旦那に、話があって来たんでさァ」

孫六が源九郎に顔をむけて言った。

「何の話だ」

「昨夕、お熊たちから聞いたんですがね。……また、胡乱《うろん》な二本差しに、おはまさんと長太郎のことを訊かれたやつがいるんでさァ」

孫六が、おくらとお初《はつ》の名を口にした。ふたりとも、長屋に住む女房である。

「まだ、坂井たちは、おはまと長太郎が長屋にいるとみているのだな。それにしても、執念深いやつらだ」

源九郎が顔をしかめて言った。

「やつら、また、長屋に押し入ってくるかもしれやせんぜ」

孫六が、どうしやす、と源九郎に訊いた。

「そのときの用心はしているが、念のため菅井たちにも話しておこう」

源九郎は、湯飲みを座敷において立ち上がった。

「あっしも行きやす」

孫六がついてきた。

菅井の家には、菅井と里中がいた。ふたりは座敷で、茶を飲んでいた。めずらしく、ふたりは将棋を指していなかった。

「おお、華町、将棋を指しにきたのか」

菅井が目を細めて言った。

「今日は、ふたりで指さないのか」

源九郎がふたりに訊くと、

「これから、駿河台の屋敷まで行くつもりです」

里中が答えた。豊島と会って、おはまと長太郎の暮らしぶりを報《しら》せるとともに、いつごろまでふたりを長屋に匿《かくま》っておくのか、その見通しだけでも訊いてくるという。里中の胸の内にも、一日も早くおはまと長太郎を山崎家に迎え入れたい、との思いがあるのだろう。

「ちと、気掛かりなことがあって来たのだ」

源九郎はそう言って、上がり框に腰を下ろした。

「何だ、気掛かりなこととは」

菅井が訊いた。

「いや、孫六から聞いたのだがな」

源九郎が言うと、すぐに、孫六が、

「あっしは、お熊たちから聞いたんでさァ」

そう口をはさみ、胡乱な二本差しが、おはまと長太郎のことを探っていたことを話した。

「まだ、長屋に押し入ってくるつもりか」

菅井が顔をしかめて言った。

そのとき、腰高障子のむこうで、ガツガツと下駄《げた》で走る足音がした。だれか、来るらしい。

すぐに、足音は腰高障子の向こうでとまり、

「大変だよ！」

と、女の叫び声がして腰高障子があいた。お熊とおまつだった。

「は、華町の旦那も、ここかい！　いま、旦那のところに、行ったんだよ」

お熊が息を弾ませて言った。

「お熊、何があったんだ」

「お、押し込んできたよ、お侍たちが！」

おまつは身を顫《ふる》わせている。

「なに！　押し込んできたと」

源九郎は立ち上がり、外へ飛び出した。

孫六、お熊、おまつの三人がつづき、座敷にいた菅井と里中も刀を手にして外へ出た。

長屋の井戸の方で、女の叫び声や子供たちの泣き声が聞こえた。何人かの長屋の住人が、血相を変えて井戸の方へ走っていく。

どうやら、武士たちは路地木戸から踏み込み、井戸端の辺りまで来たらしい。源九郎たちは走った。井戸の近くまで行くと、井戸端に長屋の女房たちが四、五人集まり、子供の名前を叫んでいた。まだ幼い児が三人、泣きじゃくっている。近くに、踏み込んできたと思われる武士の姿はなかった。

源九郎は立っている女房たちに走り寄り、

「どうした、おとせ」

ぼてふりの女房のおとせに訊いた。

「た、大変だよ！　庄吉《しょうきち》とおたけちゃんが、お侍に連れて行かれた」

おとせが、ひき攣《つ》ったような声で言った。

すると、おとせの脇にいたお春《はる》という若い女房が、

「お侍が、四人、押し入ってきて、遊んでいたふたりを攫《さら》っていったんだよ」

と、涙声で言った。

どうやら、踏み込んできた四人は、長太郎ではなく、井戸端で遊んでいた庄吉とおたけを攫ったらしい。庄吉とおたけは長屋の住人の子で、まだ四、五歳である。

「攫った者たちは、路地木戸から出たのだな」

源九郎が訊いた。

「そ、そうだよ」

「まだ、近くにいるかもしれん」

源九郎は路地木戸に走った。

菅井、里中、孫六、それに長屋の女房やその場に集まった男たちも後ろからついてきた。

源九郎は路地木戸から飛び出すと、路地の左右に目をやった。

……いる！

路傍に、ふたりの武士が立っていた。坂井と須永だった。ふたりの後方、一町ほど先にふたりの武士が子供を抱えて走っていくのが見えた。子供は、庄吉とおたけであろう。

源九郎が坂井たちを前にして足をとめると、そこへ里中と菅井が走り寄った。

「華町、ふたりの子はあずかったぞ」

坂井が声高に言った。

「子供を、どうするつもりだ」

源九郎が訊いた。

「人質だ」

「なに！　人質だと」

「後日、手筈《てはず》は長屋に知らせるが、おはまと長太郎のふたりと交換してもらう。いいか、うぬらが下手に動くと、預かった子供の命はないぞ」

坂井は威嚇《いかく》するように言い置き、踵《きびす》を返すと、先を行くふたりの武士の後を追って走りだした。

「ま、待ちゃァがれ！」

孫六が、慌てて後を追おうとした。

「孫六、よせ」

源九郎がとめた。下手に追うと、坂井たちは庄吉とおたけを殺しかねない。それに、子供を抱えたふたりは遠方で、追いつけないだろう。

長屋の住人たちが、源九郎たちのそばに駆け寄った。どの顔にも、不安と困惑の色があった。だれもが長屋の子供を人質にとられるなどとは、思ってもいなかったのだ。

二

陽が西の家並のむこうに沈むころ、源九郎の家に、源九郎、菅井、安田、孫六、茂次、平太、三太郎の七人、それに里中、おはま、長太郎の三人が集まった。

「あ、あたしたちのために、長屋の子が……」

おはまが、涙声で言った。

長太郎は口をひき結び、虚空を睨《にら》むように見すえておはまの脇に座していた。長太郎にも、状況が分かっているらしい。

源九郎たちの顔は、いずれもけわしかった。今後どうするか、相談するために集まったのだが、すぐに口をひらく者はなかった。

「お、お願いです。攫われたふたりの子を返してもらってください。あたしたち親子は、どこへでも行きます」

おはまが、訴えるように言った。

「おはま、はやまるな。まだ、手はある。坂井たちから、話が来るまでの間に庄吉とおたけが監禁されている場所をつきとめて、助け出すのだ」

源九郎が男たちに目をやって言った。

「華町、当てがあるのか」

めずらしく、菅井が身を乗り出すようにして訊いた。

「当てはある」

「どこだ」

菅井が訊いた。その場にいた男たちの目が、源九郎に集まった。

「今日、庄吉とおたけを連れさった四人だ。四人の住む家か、仕えている屋敷か。どちらかに、ふたりを監禁しているはずだ」

源九郎が、坂井と須永の住む家は分かっていることを話し、まずふたりの家を探ってみることを言い添えた。

「他のふたりは」

安田が訊いた。

「新たに坂井たちにくわわったらしいが、重森にかかわりがあるとみている。……重森の屋敷を探れば、ふたりが何者か分かるはずだ」

源九郎は、重森の屋敷に、庄吉たちが監禁されている可能性もあることを話した。

「よし、手分けして当たろう」

安田が声を上げた。

「明日から、三手に分かれて探るのだ」

源九郎がどう分かれるか話した。

平太と安田が須永の屋敷を、三太郎と菅井が坂井の住む借家を、そして源九郎と孫六が、重森の屋敷を探ることになった。平太と三太郎は、それぞれ須永と坂井の住む家を知っていたのだ。

「それがしは」

里中が訊いた。

「念のため、里中は茂次とふたりで長屋にいてくれ。坂井たちが、どう出るか分からないからな」

「承知した」

里中が言うと、茂次もうなずいた。

翌朝、源九郎たちは、はぐれ長屋を出て、それぞれの地に散った。

源九郎と孫六は、重森の屋敷のある本郷にむかった。ふたりは、はぐれ長屋を出て竪川沿いの道を大川の方へむかって歩きながら、

「旦那、あっしは、長屋から攫われた庄吉とおたけは、重森のところにいるような気がするんでさァ」

孫六が、目をひからせて言った。

「どうして、そうみた」

「須永と坂井の家は、子供をふたり閉じ込めておくのは、難しい気がしやす」

「そうだな」

源九郎も、同じことを思った。須永は御家人の冷や飯食いだった。屋敷には、家族もいっしょに住んでいるはずである。また、坂井がいっしょに住んでいるのは、おきぬという女だけらしかったが、借家は狭く、子供ふたりを監禁しておくのはむずかしいだろう。

ただ、重森の屋敷も、子供の監禁場所には相応《ふさわ》しくないように思えた。何人もの家族が住んでいるし、奉公している家士や中間《ちゆうげん》もいるのではあるまいか。

……だが、どこかに、庄吉とおたけは監禁されているはずだ。

源九郎は、胸の内でつぶやいた。

そんなやり取りをして歩いているうちに、源九郎たちは神田川沿いの道から中山道に出た。そして、前方右手に前田家の上屋敷が近付いてきたところで、左手の通りに入った。その通りをしばらく歩くと、重森の屋敷が見えてきた。

ふたりは、重森の屋敷近くの路傍に足をとめ、

「孫六、どうするな。屋敷に踏み込むことはできんし……」

源九郎が声をかけた。

源九郎は近所の屋敷に奉公する者に訊いても、庄吉とおたけが監禁されているかどうか分からないのではないかと思った。

「旦那、重森の屋敷に奉公してる者から、それとなく訊くしかありませんぜ」

孫六が言った。

「屋敷から、話の聞けそうな者が出てくるまで待つのか」

「そうでさァ」

「いつ出てくるか、分からんぞ」

それに、下手に訊くと、庄吉とおたけを助け出すどころか、命を奪われかねない。

「こうした聞き込みは、辛抱が大事《でえじ》なんでさァ」

孫六が胸を張って言った。長年、岡っ引きをしていただけあって、聞き込みの要領は心得ているようだ。

「気長に待つか」

源九郎たちは周囲に目をやり、通り沿いの武家屋敷の築地塀《ついじべい》の陰に身を隠した。そこで、重森の屋敷から話の聞けそうな者が出てくるのを待つのである。

ふたりは身を隠して長時間待ったが、重森の屋敷からだれも出てこなかった。屋敷に入った者もいない。陽は西の空にかたむき始めていた。八ツ（午後二時）を、過ぎたのではあるまいか。

「旦那、腹が減ってきやしたね」

孫六が、うんざりした顔で言った。

「孫六、こうした張り込みも辛抱が大事ではないのか」

「腹が減っちゃァどうにもならねえ」

「交替で、そばでも食ってくるか」

源九郎も、腹が減っていた。

「そうしやしょう」

「孫六、先に行け。わしは後にする」

「それじゃァ、ちょいと行ってきやす」

そう言って、孫六が築地塀の陰から歩き出したが、すぐに足がとまった。

三

「旦那、出てきた！」

孫六が通りを指差して言った。

見ると、重森家の表門の脇のくぐりから小柄な男がひとり通りに出てきた。下男であろうか。初老の町人だった。

男はすこし前屈みの格好で、源九郎たちのいる方へ歩いてくる。

「旦那、あっしが訊いてみやしょう。……二本差しだと、怖がってまともに話さねえかもしれねえ」

そう言い残し、孫六はひとりで通りに出ていった。

源九郎は、築地塀の陰に残ったまま孫六に目をやっていた。

孫六は、小柄な男に近付くと、愛想笑いを浮かべ、

「ちょいと、すまねえ」

と、小柄な男に声をかけた。

「おれかい」

小柄な男は、足をとめて孫六に目をやった。

「聞きてえことがあるんだがな」

孫六は、歩きながらでいいぜ、と言って、男といっしょに歩きだした。

これを見た源九郎は、足音を忍ばせて築地塀の陰から出ると、孫六たちの後ろからついていった。

「おめえ、重森さまのお屋敷から出てきたが、重森さまのところで奉公してるのかい」

「そうだよ」

小柄な男は、孫六に不審そうな目をむけた。

「おれは口入れ屋で、重森さまのところで奉公するように言われて様子を見に来たんだが、二の足を踏んでるのよ。……屋敷を見たとこ、重森さまはだいぶ内証《ないしょ》が苦しいようじゃァねえか」

孫六は、男から話を聞き出すために適当な作り話を口にした。

「お屋敷が荒れてるからな。そう見えても、仕方がねえ。……でもよ、ちかごろ殿さまはいいお役につけるってえ噂はあるし、何か金になるようなことを始めたらしく、お侍がお屋敷に出入りするようになったんだぜ」

男が歩きながら言った。通常、旗本は奉公人たちから殿さまと呼ばれている。

「お侍が出入りするって」

孫六が聞き返した。

「ああ、殿さまは、お侍といっしょに出かけることもあるぜ」

「その侍は、重森家に奉公してるんじゃァねえのかい」

孫六は、坂井たちではないかと思い、確かめるためにそう訊いたのである。

「お屋敷に奉公しているお侍は、ひとりしかいねえ」

「すると、屋敷に奉公しているお侍じゃァねえんだな」

「ちがうよ」

「ところで、屋敷の前を通ったとき、子供の泣き声が聞こえたんだが、屋敷には小《ち》せえ子がいるのかい。おれは、餓鬼の世話が苦手でな」

孫六は、庄吉とおたけを屋敷内に連れ込んで監禁していれば、泣き声が聞こえることがあると思い、そう訊いたのである。

「小せえ子はいねえが……」

男は戸惑うような顔をした。

「どうしたい？」

孫六が男の顔を覗《のぞ》くように見て訊いた。

「そういえば、おれも子供の泣き声を聞いたよ」

「だれか、餓鬼を連れてきたんじゃァねえのかい。……おれが聞いたのは、女の子の声だったぜ」

「おれには、ふたりで泣いているように聞こえたな」

男が首を捻《ひね》った。

……庄吉と、おたけだ！

思わず、孫六は胸の内で叫んだが、口には出さず、

「だれか、奉公人が子供を連れてきたんじゃァねえのか。屋敷のどの辺りで、聞こえたんだい」

そう、世間話でもするような口調で訊いた。屋敷のどの辺りに監禁されているか、聞き出そうとしたのだ。

「お屋敷の裏の方だったな。……おれの空耳だったかもしれねえ」

男は胸に生じた疑念を払拭《ふっしょく》するように首を横に振ると、すこし足を速めた。

「奉公のことは、もうすこし様子をみてからにするよ」

孫六はそう言って、足をとめた。

男の背が遠ざかると、そこへ源九郎が近付いてきた。

「孫六、うまく聞き出したな」

源九郎が感心したような顔をした。

「旦那、庄吉とおたけは、重森の屋敷に閉じ込められていやす」

孫六が目をひからせて言った。

「そのようだ」

源九郎には、孫六と男のやり取りが聞こえていたのだ。

「どうしやす」

「屋敷に、近付いてみるか」

源九郎は、明日にも重森の屋敷に侵入して、庄吉とおたけを助け出したいと思った。そのためにも、屋敷の様子を見ておきたい。

源九郎と孫六は通行人を装って、重森家の屋敷の方へ足をむけた。すでに、源九郎は里中といっしょに来て屋敷を見ていたが、踏み込むとなると、そのための下調べをしておかなければならない。

屋敷は荒れたままだった。築地塀は所々崩れ、庭木はぼさぼさである。片番所付きの長屋門には、門番もいないようだった。

源九郎と孫六は、表門の前まで来ると、すこし歩調を緩めたが、足をとめずに通り過ぎた。門前を通ったとき、屋敷内からかすかに話し声が聞こえた。話の内容までは聞き取れなかったが、武家言葉であることは分かった。重森か、屋敷に来ている坂井たちが話しているのではあるまいか。

屋敷を囲った築地塀の反対側まで行くと、築地塀沿いに小径《こみち》があった。そこをたどれば裏手まで行けるようだ。

源九郎と孫六は足音を忍ばせ、塀沿いの小径を裏手にむかった。屋敷の裏手には、納屋や厩《うまや》などもあった。厩に、馬はいないようだった。

「旦那、ここから入れやすぜ」

孫六が築地塀の大きく崩れた場所を指差して言った。

そこは、崩れて腰の辺りまでしかなかった。足を掛ければ簡単に踏み込めそうだ。しかも、屋敷の裏手で、人目につく恐れもない。

源九郎は孫六にうなずいて見せ、

「引き上げるぞ」

と小声で言って、踵を返した。

四

その日、暮れ六ツ(午後六時)を過ぎてから、源九郎の家に男たちが集まった。源九郎たちはぐれ長屋の七人と、里中である。

源九郎と孫六とで、庄吉とおたけは重森の屋敷にいるらしいことを話し、

「明日にも、ふたりを助け出したいのだ」

と、源九郎が言い添えた。

「間違いなく、ふたりはそこに監禁されているのか」

菅井が念を押すように訊いた。

「まず、間違いないと思うが、ふたりの姿を目にしたわけではない。……もし、いなかったら、別の手もある」

そう言って、源九郎が男たちに目をやった。

「別の手とは」

「その場で重森を捕らえて、庄吉とおたけの居場所を白状させるのだ。そして、すぐにふたりの監禁場所にむかう」

重森なら監禁場所を知っているはずである。

「そうか」

「やるなら、早い方がいい」

「よし、明日、重森の屋敷に踏み込もう」

菅井が言うと、男たちがうなずいた。

翌日、源九郎たちは陽が西の空にまわったころ、はぐれ長屋を出た。念のため、里中だけが、長屋に残った。坂井たちが踏み込んでくる可能性もあったからだ。

源九郎たち七人が、重森の屋敷の近くまで来たのは、暮れ六ツ前である。陽は西の家並の向こうに沈みかけていたが、まだ空には日中の明るさが残っていた。

源九郎たちは、昨日身を隠した武家屋敷の築地塀の陰にまわった。辺りが夕闇に染まるころ、屋敷内に踏み込むつもりだった。

「あっしと平太とで、様子を見てきやす」

そう言い残し、孫六と平太がその場を離れた。

しばらくすると、ふたりはもどってきて、屋敷に変わった様子はないことを知らせた。それから小半刻（三十分）ほどすると、暮れ六ツの鐘が鳴った。

「そろそろだな」

源九郎たちは、屋敷に踏み込む支度をした。

支度といっても簡単である。草鞋《わらじ》の紐《ひも》を結びなおし、源九郎たち武士は、刀の目釘《めくぎ》を確かめただけである。

「いくぞ」

源九郎が声をかけ、七人は築地塀の陰から通りに出た。

通りに、人影はなかった。淡い夕闇が、通り沿いの武家屋敷をつつんでいる。

源九郎たちは、足早に重森の屋敷の表門の前を通り過ぎ、裏手にまわる小径のある築地塀の脇まで来た。

「こっちで」

孫六が先にたった。

築地塀が大きく崩れた場所まで来ると、源九郎と孫六が先に踏み込み、他の五人が次々に塀を越えた。そこは屋敷の裏手で、台所になっているようだ。かすかに灯《ひ》が洩《も》れていた。近くに、厩と納屋があった。

源九郎たちは枝葉を茂らせていた欅《けやき》の樹陰に集まり、まず厩と納屋に庄吉とおたけが監禁されていないか確かめることにした。

すぐに、孫六と平太が厩に、茂次と三太郎が納屋にむかった。四人は、いっときすると樹陰にもどってきた。

「厩には、いねえ」

孫六が言った。

「納屋にも、人気はねえぜ」

つづいて、茂次が報告した。

「となると、屋敷内のどこかだ」

源九郎が、男たちに目をやりながら声をひそめて言った。

「裏手から踏み込むか」

と、菅井。

「屋敷のなかの様子を探ってからがいいな」

下手に踏み込んで、先に坂井たちに気付かれると、それこそ庄吉たちを人質にとられて、手が出せなくなるかもしれない、と源九郎は思った。

「よし、屋敷のまわりを歩いて探ってみよう」

菅井が細い目をひからせて言った。

源九郎たちは、足音を忍ばせて屋敷の裏手に近付いた。すでに、辺りは深い夕闇につつまれていた。闇が、源九郎たちの姿を隠してくれる。足音さえたてなければ、屋敷にいる者たちに気付かれることはないだろう。

屋敷の裏手から淡い灯が洩れていた。かすかに、話し声と水を使うような音が聞こえた。台所になっているらしい。声の主は武士ではなかった。小者《こもの》か下働きであろう。

「ひとりは、あっしが話を訊いたやつですぜ」

孫六は声をひそめて言った。どうやら、台所にいるひとりは、孫六が話を訊いた初老の男らしい。

「ここでは、ないな」

源九郎たちは、さらに屋敷沿いを表にむかった。

台所の先は、雨戸がたててあった。節穴から覗くと、雨戸の向こうが廊下になっていて、その先に障子がたててあった。座敷になっているらしい。障子が明らんでいる。

「だれか、いるぞ」

源九郎は、障子のむこうで、かすかに畳をたたくような音がするのを耳にした。人がいることは分かったが、だれがいるかは分からない。

源九郎たちは、さらに屋敷の表にむかって歩いた。いくつかの座敷の障子に、灯の色があった。男の声や女の声が聞こえた。いずれも、武家言葉だったので、庄吉やおたけが監禁されている部屋でないことは分かった。重森の家族ではあるまいか。

源九郎たちは、さらに表にむかい、玄関の前を通って庭に出た。庭に面した座敷に灯《とも》が点り、男たちの談笑の声が聞こえた。何人かで、酒を飲んでいるらしい。濁声《だみごえ》や笑い声の主は、いずれも武士であることが知れた。武家言葉だったのである。

源九郎たちは、庭に面した脇の戸袋の脇に身を寄せ、座敷から聞こえてくる声に耳をかたむけた。

……重森はここにいる！

源九郎は、男たちの会話から重森が座敷にいることを知った。

重森の他に、坂井の名も出た。どうやら坂井もそこにいるらしかった。他に田沢の名も出たが、重森の兄の田沢豊右衛門のことらしい。田沢が座敷にいる様子はなかったので、名が出ただけだろう。

「四、五人いる。……ここで、酒盛りをしているようだ」

菅井が声を殺して言った。

源九郎は無言でうなずいた。

源九郎たちは、戸袋の脇から身を引き、ここへ来た屋敷の脇を通って屋敷の裏手にもどった。

五

「どこに閉じ込められているか、分からんぞ」

菅井が小声でいった。

「台所の先の部屋とみたが……」

源九郎はそう言ったが、確信はなかった。

「どうする」

安田が訊いた。

「二手に分かれて、踏み込むか」

源九郎が表と裏手から踏み込むことを話し、

「表は、座敷で飲んでいた重森や坂井たちとやり合うことになるぞ」

と、言い添えた。

「おもしろい。おれは、表から踏み込む」

菅井が言うと、

「おれも表だ」

と、安田が身を乗り出すようにして言った。

「よし、表から菅井と安田が踏み込んでくれ。だが、まともにやり合うなよ。裏手から踏み込むわしらが庄吉とおたけを助け出すまで、引き延ばせばいい」

今夜の目的は、庄吉とおたけを助け出すことである。

「承知した」

源九郎は、三太郎と茂次も表にまわるように言ってから、闘いにくわわらず、遠くから様子を見て、何かあれば、源九郎たちに知らせに来るよう話した。

「まかせてくだせえ。様子を見て、遠くから石でも投げて、菅井の旦那たちに助太刀しまさァ」

茂次が言うと、三太郎も顔をけわしくしてうなずいた。

「では、行くぞ」

菅井が先にたち、四人がふたたび屋敷の脇をたどって表にむかった。

源九郎、孫六、平太の三人がその場に残った。

「踏み込むぞ」

源九郎が先にたって屋敷の背戸に近寄った。

板戸はしまっていた。戸の先の台所から、水を使う音や床を踏むような音がした。台所にふたりいるようだ。

源九郎は抜刀した。奉公人を斬るつもりはなかったが、いざとなったら峰打ちで仕留めるのだ。

孫六と平太は、懐に忍ばせてきた十手を取り出した。奉公人に盗人と思われないように、十手を見せるつもりらしい。

「旦那、あきやすぜ」

孫六が板戸を引くとすぐにあいた。

源九郎につづいて、孫六と平太が踏み込んだ。そこは、台所の土間になっていた。戸口のそばに竈《へっつい》と薪《まき》置き場があった。竈の脇に流し場があり、初老の男が皿を洗っていた。孫六が話を訊いた男である。

もうひとり小柄な男が、土間先の板間にいた。徳利を手にしている。表の座敷に、酒を運ぼうとしていたらしい。

「ぬ、盗人！」

初老の男が源九郎たちの姿を見て、ひき攣ったような声を上げた。

「とっつァん、これが見えねえか」

孫六が十手を見せた。

「お、おめえは、この前《めえ》の……」

初老の男が目を剝《む》いた。孫六のことを覚えていたらしい。

孫六と初老の男がやり取りをしている間に、源九郎はすばやい動きでその場から逃げようとした男に迫り、

「動くな！」

と声をかけて、男の首筋に切っ先を突き付けた。

ヒッ、と喉を裂くような悲鳴を上げ、男はその場に凍りついたようにつっ立った。手にした徳利がワナワナと震えている。

「平太、こいつに縄をかけろ」

孫六が声をかけると、平太が初老の男の腕を後ろにとり、細引《ほそびき》で縛った。時間をかけないように、手首を縛っただけである。

つづいて、孫六が小柄な男の腕を縛った。

「おれたちは、盗人じゃァねえ。人攫いに攫われた子供を助けに来たんだ」

孫六が、小柄な男を見すえて言った。

「……！」

小柄な男は目を剝いて、孫六を見つめたまま身を顫わせている。

「この屋敷に、攫ってきた子供がいるな。町人の男の子と女の子のふたりだ」

源九郎が小柄な男に訊いた。

小柄な男は何も答えず、身を顫わせている。

「おまえも、人攫いの一味か」

源九郎が強い声で言った。

そのとき、屋敷の表の方で、怒声や荒々しく障子を開け放つような音が聞こえた。座敷にいた者たちが、菅井たちに気付いたらしい。

「表からも、菅井たちが踏み込んだのだ。おまえも、仲間ならこのまま連れていくぞ」

源九郎が言うと、

「あっ、あっしは仲間じゃァねえ」

小柄な男が、声を震わせて言った。

「では、答えろ。ふたりの子供は、どこに監禁されている」

小柄な男は、そこの廊下を、と言って、すこし間をとった後、

「すぐの座敷に……」

と、声を震わせて言い添えた。

どうやら、源九郎がここではないかとみた部屋らしい。

「いいか、声を出すなよ。声を上げれば、もどってきて斬り殺すぞ」

源九郎がふたりの男に言い置き、すぐに板間の左手にある廊下にむかった。孫六と平太がつづいた。

廊下の左手に雨戸がしめてあった。源九郎がなかを覗いた雨戸である。右手に部屋があり障子がたててあった。ぼんやりと明らんでいる。

廊下の先で、男の怒号や荒々しく床を踏む音などが聞こえた。菅井たちと坂井たちの闘いが始まったようだ。

源九郎が障子の明らんでいる部屋の前に立つと、かすかに足で畳をたたくような音がした。

「ここだ！」

源九郎が障子をあけはなった。

六

座敷の隅に、行灯《あんどん》が置いてあった。その灯のなかに、ふたりの子供の姿が浮かび上がっていた。男と女である。

ふたりは縛られ、猿轡《さるぐつわ》をかまされていた。猿轡といっても、口の辺りを手ぬぐいで縛ってあるだけである。

ふたりの丸い目が、座敷に入ってきた源九郎たちにむかって見開かれていた。

「庄吉とおたけか！」

源九郎が声をかけた。

すると、おたけが大きくうなずいた後、急に目を閉じ、頭を振りだした。ウウッ、と手ぬぐいから、呻《うめ》くような声が洩れた。おたけが、泣き出したのだ。すると、庄吉も同じように頭を振り、体を揺すって泣き出した。

「さァ、助けにきたぞ。もう心配はいらん」

源九郎が声をかけ、孫六、平太の三人で、まずおたけと庄吉を縛ってあった細引を解いた。そして、ふたりの手ぬぐいを取らずに、孫六と平太が抱きかかえた。すこし、泣き声が収まってから手ぬぐいを取ってやるつもりだった。

「孫六、平太、ふたりを外に連れ出してくれ」

源九郎は、この場から菅井たちが闘っている表へむかうつもりだった。

「旦那、無理をしねえでくだせえ」

孫六が心配そうな顔をして言った。

「様子を見に行くだけだ」

そう言い残し、源九郎は表にむかって廊下を走った。


そのとき、菅井は縁先で坂井と対峙《たいじ》していた。菅井はすでに抜刀し、脇構えにとっていた。坂井は八相に構えている。両肘を高くとって、刀身を垂直に立てていた。隙のない大きな構えである。

菅井の左手前方、縁側のすぐ前に、武士がひとり倒れていた。まだ、生きているらしく、呻き声を上げ、血塗《ちまみ》れになって地面を這《は》っている。

菅井は坂井と対峙する前、安田とふたりで縁先に立って、座敷にいる男たちに声をかけた。すると、すぐに障子があいて、ふたりの武士が縁側に飛び出してきた。菅井はふたりの武士を知らなかった。初めて見る顔である。そのうちのひとりがいきなり抜刀し、縁側から庭に飛び下りざま、と叫び、菅井にむかって斬り込んできたのだ。菅井が刀を抜く前に、斬り付けようとしたらしい。その武士は、菅井が居合を遣うと知らなかったようだ。

武士が居合で抜き付ける間合に踏み込むと、菅井の体が躍った。シャッ、という刀身の鞘走《さやばし》る音がし、閃光《せんこう》が逆袈裟《ぎやくげさ》にはしった。神速の抜き付けの一刀である。次の瞬間、武士の腹から胸にかけて小袖が裂け、血が飛び散った。

武士は刀を取り落として地面に倒れたが、すぐには死なず、這ってその場から逃れようとした。

そこへ、坂井が姿をあらわし、

「おぬしの相手は、おれだ！」

と声をかけ、素早い動きで菅井の前にまわり込んできたのだ。菅井が刀を鞘に納める前に、勝負を決しようとしたらしい。

菅井は抜刀したため、脇構えにとって坂井と対峙していたのだ。

一方、安田は、須永と切っ先をむけ合っていた。もうひとり、長身の武士が安田の左手にまわり込んでいる。初めて見た顔で、安田には何者か分からなかった。

安田は青眼に構え、切っ先をピクピクと上下させていた。体も前後に小刻みに動いている。動きながら闘う、安田独特の構えである。

縁先には、羽織袴姿の恰幅《かっぷく》のいい年配の武士が立っていた。眉《まゆ》の濃い、ギョロリとした大きな目をしていた。この男が、当主の重森久之助だった。

「斬れ！　ふたりとも斬ってしまえ」

重森が叫んだ。

その声に背中を押されるように、安田の左手にいた長身の武士が、甲走《かんばし》った気合を発して斬り込んできた。

振りかぶりざま真っ向へ――。

刹那《せつな》、安田は背後に身を引きざま刀身を横に払った。一瞬の太刀《たち》捌《さば》きである。

ザクッ、と長身の武士の小袖が裂け、あらわになった脇腹に血の線がはしり、血が噴いた。安田の切っ先がとらえたのである。

長身の武士は呻き声を上げてよろめき、左手で脇腹を押さえて後じさった。赤くひらいた傷口から臓腑《ぞうふ》が覗いていた。深手のようである。武士は顔を恐怖にゆがめ、さらに身を引いた。

そのとき、座敷の障子を荒々しくあける音がし、源九郎が飛び込んできた。源九郎の姿を見た重森は驚怖《きようふ》に目を剝き、廊下の隅へ走って庭に飛び下りた。

重森は庭の暗がりまで逃げると、

「引け！　引け！」

と、叫んだ。そして、庭の隅の庭木のなかへ逃げ込んだ。

これを見た坂井は、

「菅井、勝負はあずけた」

と言い残し、後じさってから反転した。そして、庭木でおおわれた暗闇のなかに走り込んだ。

もうひとり、安田と対峙していた須永も反転すると、坂井の後を追って走り、暗がりへ逃げた。

縁側から庭へ下りてきた源九郎のそばに、菅井と安田が走り寄り、

「庄吉とおたけは、どうした」

と、菅井が訊いた。

「ふたりとも、助けた。裏手にいるはずだ」

「それは、よかった」

安田がほっとした顔をした。

そこへ、菅井たちとともに屋敷の表にまわった三太郎と茂次が走り寄り、庄吉とおたけを助け出したことを聞くと、喜びの声を上げた。

源九郎たちは腹を斬られた長身の武士に近寄り、まず名を訊いた。武士は声を震わせ、早田助次郎《そうだすけじろう》と名乗った。重森の実家であり、山崎家の奥方の実家でもある田沢家に仕える家士だという。

「すると、田沢の指示で、坂井たちにくわわったのか」

源九郎が訊いた。

「そ、そうだ」

早田は、苦痛に顔をしかめて言った。

「長屋に踏み込んで、ふたりの子を攫ったひとりだな」

源九郎が語気を強くして訊くと、

「し、重森さまの指示で、坂井どのに従ったのだ」

早田が答えた。

「長屋に踏み込んだもうひとりは、だれだ」

源九郎の脇にいた安田が、声を大きくして訊いた。

「そこに、倒れている、大久保佐助《おおくぼさすけ》……」

　早田は血塗れになって倒れている武士に目をやった。菅井の居合で、斬られた武士である。顔が土気色《つちけいろ》になり、体が顫えていた。長くは、持たないようだ。

「大久保も、田沢に仕えているのか」

　源九郎が訊いた。

「……」

　早田は無言でうなずいた。

……裏で糸を引いていた黒幕は、田沢と重森らしい。

　と、源九郎は思った。田沢と重森は、姓はちがうが兄弟である。

　源九郎たちは、早田と大久保をその場に残し、屋敷の脇を通って裏手にまわった。早田と大久保は助からないとみたのだ。

七

　その夜、源九郎たちは、助け出した庄吉とおたけを背負ってはぐれ長屋にもどった。深夜ではあったが、庄吉とおたけをそれぞれの親たちに引き渡した。

　庄吉とおたけの両親は、自分の児を抱きしめ、泣きながら源九郎たちに礼の言葉を口にした。その声を聞きつけ、近所の家の住人たちが出てきて、安堵《あんど》の声を上げたり、源九郎たちに慰労の言葉をかけたりした。貰《もら》い泣きをする者もいて、深夜だというのに騒がしかった。

しばらくして、両親が庄吉とおたけを家に連れてかえり、源九郎たちもそれぞれの家へ帰った。

翌日、陽がだいぶ高くなってから、源九郎の家に、菅井、安田、里中、孫六、茂次、平太、三太郎の七人が顔を見せた。日を置かずに坂井と須永を討つつもりで、昨日、源九郎もくわえた八人で相談してあったのだ。坂井と須永の住処《すみか》は、分かっていた。ふたりを討てば、今後おはまと長太郎に手を出すことはできなくなるだろう。

八人もの大勢が顔をそろえたのは、二手に分かれてふたりを討つためであった。源九郎、菅井、孫六、三太郎が坂井を、安田、里中、平太、茂次が、須永を討つことになっていたのだ。

源九郎たちは、すぐにはぐれ長屋を出た。そして、両国橋を渡り、柳原通りを西にむかった。さらに、神田川にかかる和泉橋を渡って御徒町通りに入っていっとき歩くと、二手に分かれた。

源九郎たちは坂井の住処のある長者町へ、安田たちは須永の住む御家人の屋敷へむかうのである。

「こっちでさァ」

三太郎が先にたった。源九郎とふたりで、長者町にある坂井の住む妾宅《しょうたく》をつきとめたこともあって、道筋を知っていた。

源九郎たちは、小身《しょうしん》の旗本や御家人の屋敷のつづく武家地を西にむかった。しばらく歩くと下谷長者町に入り、道沿いには商店、長屋、仕舞屋《しもたや》などがつづくようになった。長者町に入っていっとき歩いてから、三太郎は小体《こてい》な下駄屋の脇に足をとめ、

「あれが、坂井の塒《ねぐら》でさァ」

と言って、借家らしい仕舞屋を指差した。

「まず、坂井がいるかどうか、探らねばならんな」

源九郎が男たちに言った。

「あっしと三太郎とで、様子を見てきやすよ。旦那たちは、ここにいてくだせえ」

　孫六がそう言い残し、三太郎を連れて坂井の住む家にむかった。

　孫六と三太郎は、吹き抜け門の前まで行って家の戸口に目をやった後、脇の板塀に身を寄せて聞き耳を立てていた。

　いっときすると、孫六たちは通りに出てきて、源九郎たちのところへもどってきた。

「坂井は、いねえようですぜ」

　すぐに、孫六が言った。

　孫六と三太郎が話したことによると、だれかいるらしく、家のなかから物音が聞こえたが、話し声はまったく聞こえなかったという。

「それに、ひとりしかいねえようだったな」

　孫六が、物音は一か所から聞こえただけで、家にいるのはひとりらしいと言い添えた。

「いるのは、おきぬという女だな」

　源九郎が言った。

「そうみていいようで」

「どうするな」

源九郎が菅井に目をやって訊いた。

「しばらく待つか。帰ってくるかもしれんぞ」

「そうだな」

源九郎たちは、念のために交替で板塀の陰に身を隠して仕舞屋を見張ることにした。

「まず、おれと孫六で見張ろう」

先に源九郎と孫六が見張り、半刻（一時間）ほどしたら、菅井と三太郎に替わるのである。

「三太郎、近所の店でそばでも食ってくるか」

そう言い残し、菅井は三太郎を連れてその場を離れた。

源九郎と孫六は仕舞屋に近付き、通りから見えない板塀の陰へ身を隠した。

そのころ、安田、里中、茂次、平太の四人は、旗本屋敷の築地塀の陰にいた。

そこは細い脇道になっていた。

安田たちが身をひそめていた旗本屋敷の斜向《はす》かいに、板塀をめぐらせた御家人の屋敷があった。須永家の屋敷である。八十石の御家人とのことだったが、他の武家屋敷に比べると粗末だった。

すでに、安田たちは、須永家の屋敷に坂井たちの仲間の須永栄次郎がいることを確かめてあった。安田たちは屋敷をかこった板塀の陰に身を寄せ、屋敷内のやり取りを耳にして、須永がいることをつかんだのだ。

当初、安田たちは屋敷に踏み込んで須永を討つことも考えたが、須永が屋敷を出るのを待つことにした。屋敷内には、当主の重蔵と妻女、それに奉公人もいるようだったので、踏み込んで斬り合いになれば、大騒ぎになるとみたのである。

安田たちは築地塀の陰に身を隠して、須永が出てくるのを待ったが、なかなか姿を見せなかった。

陽が西の空にまわったころになると、安田たちは痺《しび》れをきらし、屋敷内に踏み込む気になってきた。

そのとき、須永の屋敷の木戸門の門扉《もんぴ》があいた。

「やつだ！」

茂次が声を上げた。

姿を見せたのは、須永である。須永ひとりだった。こちらに歩いてくる。

「よし、手筈通りだ」

安田が言った。

すぐに、里中と茂次が脇道を走りだした。

里中と茂次が、身をひそめて脇道をたどり、二町ほど離れてから通りの前方に出ることになっていた。一方、安田と平太は須永をやり過ごして跡を尾《つ》ける。須永を逃がさないために挟み撃ちにするのだ。それに、二町ほど行くと、武家屋敷の途絶えた場所があり、そこなら騒ぎが大きくならないとみていたのである。

安田と平太は須永をやり過ごし、半町ほど離れてから通りに出た。身を隠す場所もなかったので、ふたりは供連れの武士のようなふりをして須永の跡を尾けた。

須永は屋敷の門から出たとき、通りの左右に目をやったが、歩きだしてからは背後を振り返らなかった。足早に、神田川の方へむかっていく。

いっとき歩くと、須永の前方に人影があらわれた。里中と茂次である。ふたりは、足早に近付いてきた。

須永はすぐに里中と気付かなかったようだが、半町ほどに迫ったとき、ふいに足をとめた。前方から来る武士が、里中と気付いたようだ。

安田と平太は足を速め、須永に迫った。そのとき、前方の里中と茂次が走りだした。これを見た須永は逃げようとして背後を振り返った。

だが、須永は動かなかった。背後から、安田と平太が迫ってきたからだ。挟み撃ちである。

須永は逡巡《しゅんじゅん》するように前後に顔をむけたが、通り沿いで枝葉を茂らせていた樫《かし》の木に走り寄り、その幹を背にして立った。背後にまわられるのを防ごうとしたらしい。

安田と里中が、須永の左右から走り寄った。茂次と平太は、安田たちからすこし間をとって足をとめた。この場は、安田と里中にまかせようと思ったのだ。

安田が須永の前に立ち、里中は須永の左手にまわり込んだ。

「おのれ！」

叫びざま、須永が抜刀した。目をつり上げ、体を顫わせている。

安田も刀を抜いた。青眼に構えた後、切っ先をピクピクと上下させ、体も前後に動かし始めた。体を動かしながら闘う、安田独特の構えである。

里中も抜刀し、八相に構えた。腰の据わった隙のない構えだ。

須永も青眼に構えたが、腰がやや高く、切っ先が震えていた。安田と里中に刀をむけられ、恐怖を覚えたようだ。

安田は切っ先を小刻みに動かしながら、須永との間合をつめ始めた。体を前後に動かしながらジリジリと迫っていく。

安田が一足一刀の斬撃の間境に迫ったとき、ふいに、須永が仕掛けた。気の昂《たかぶ》りと恐怖のために、対峙していられなかったらしい。

イヤアッ！

甲走った気合を発し、須永が斬り込んだ。

振りかぶりざま真っ向へ――。

すかさず、安田は右手に跳びざま、刀身を横に払った。一瞬の太刀捌きである。

須永の切っ先は、安田の肩先をかすめて空を切り、安田の一撃は須永の腹を横に斬り裂いた。

須永は刀を取り落とし、両手で腹を押さえてうずくまった。両手の指の間から、血が流れ落ちた。押さえた手の脇から、臓腑が覗いている。

安田は須永の脇に立つと、

「武士の情け！」

と、声を上げ、手にした刀を一閃《いっせん》させた。

ひとは腹を裂かれただけでは、すぐに死なない。苦しませておくより、とどめを刺してやるのが、武士の情けである。

にぶい骨音がし、須永の首が前に垂れ下がった。安田は、須永の喉皮だけを残して斬首したのだ。須永の首から血が激しく飛び散り、全身が血塗れになった。須永は己の首を抱くような格好のまま絶命した。

安田たちは、須永の死体を通りの脇の空き地に運んだ。須永家の者が死体の引取りにくるまで、通行人の晒者《さらしもの》にならないように目立たない場所に運んでおいたのである。


安田たちがはぐれ長屋に帰ったのは、暮れ六ツ（午後六時）過ぎだった。源九郎たちは、まだ帰っていなかった。安田たちは、源九郎の家で帰りを待つことにした。

それから半刻（一時間）ほど経ったろうか、源九郎、菅井、孫六、三太郎の四人が、長屋に帰ってきた。四人とも、疲れきった顔をしていた。

源九郎は安田から、須永を討ち取った話を聞いた後、

「わしらは、駄目だった。坂井は、長者町の家に帰ってこなかったのだ」

と、肩を落として言った。

源九郎たちは陽が沈むころまで、坂井の住処を見張っていたが、坂井はまったく姿を見せなかったのだ。

「坂井は、おれたちに塒をつかまれたのを知ったのかもしれん」

菅井が言い添えた。

「坂井は、どこに身を隠したのか……」

安田がつぶやいた。

……田沢豊右衛門の屋敷かもしれぬ。

と源九郎は思ったが、口にしなかった。確信がなかったからである。

第五章　対　面

一

源九郎は、湯飲みの水を飲みながらにぎり飯を頬ばっていた。五ツ（午前八時）過ぎである。

源九郎はめしを炊くのが面倒だったので、朝めしは水だけ飲んで我慢しようかと思っていたところへ、お熊が握りめしを載せた皿を手にして顔を出したのだ。

「どうせ、旦那は朝めしを抜くだろうと思ってね。持ってきたんだよ」

お熊によると、源九郎のために朝めしを余分に炊いて、にぎり飯を作ったという。

「ありがたい、さっそくいただくか」

源九郎は茶ではなく水で我慢し、にぎり飯を頰張り始めた。

お熊は上がり框《がまち》に腰を下ろしていた。どうやら、源九郎に何か話があるらしい。

「ねえ、旦那、おはまさんと長太郎だけど、いつまで長屋にいるのかね」

お熊が、腰高障子に目をむけたまま言った。

「何かあったのか」

「何もないけど、何だか、ふたりが可哀相《かわいそう》でね」

お熊によると、おはまと長太郎は、自分の家に閉じこもったままほとんど家を出ないという。

「おはまさんに訊《き》いてみると、長屋のみんなに迷惑がかかるから、外に出ないようにしてるって言うんだ。……おはまさんの気持ちも分かるけど、一日中家ん中にいたら、気がおかしくなっちまうよ」

お熊が眉《まゆ》を寄せて言った。

「いや、そう長い間ではない。近いうちに、ふたりは長屋を出られるとみているのだ」

源九郎は、重森と田沢の悪事がはっきりし、それなりの始末がつけば、おはまと長太郎は、山崎家へ入るのではないかとみていた。

「それならいいんだけど」

お熊がそう言ったとき、戸口に近寄ってくる足音が聞こえた。聞き覚えのある足音だった。孫六らしい。

「旦那、入《へえ》りやすぜ」

孫六の声がし、腰高障子があいた。

「お熊もいっしょかい」

孫六は土間に入ってきて、お熊に目をやった。

「孫六、何の用だ」

源九郎が訊いた。孫六は何か用があって来たとみたのである。

「旦那、すぐ来てくだせえ。豊島さまが見えてるんでさァ」

「豊島どのは、どこにいる」

「おはまさんのとこでさァ。里中の旦那と菅井の旦那も行きやしたぜ」

「わしも行く」

源九郎は手にした握りめしを急いで食い終え、湯飲みの水を飲み干してから立ち上がった。

源九郎は孫六といっしょに、おはまと長太郎の住んでいる家にむかうと、お熊もついてきた。

おはまの家の座敷に、おはま、長太郎、豊島、里中、菅井、安田、それに若い武士がひとり座っていた。後で聞いて分かったのだが、若い武士は山崎家に仕える若党で、名は瀬川市太郎《せがわいちたろう》。豊島の供として来たという。

源九郎が入っていくと、菅井が「ここに、腰を下ろしてくれ」と言って、すこし身を引いた。

孫六とお熊は、座敷にいるのがおはまと長太郎を除いていずれも武士だったので、遠慮して家に入ってこなかった。戸口の脇に立って、なかの話を聞くつもりらしい。

「菅井どのと安田どのから、重森と田沢のことを聞かせてもらった。どうやら、陰で糸を引いていたのは、ふたりらしいな」

豊島は、重森と田沢を呼び捨てにした。ふたりの陰謀が、はっきりしたからだろう。

「まだ、一味の頭格《かしらかく》の坂井の居所がつかめないのだ」

源九郎が顔をひきしめて言った。

源九郎たちが、坂井を討つために長者町に出向いてから、四日経っていた。この間、あらためて長者町に出向いて借家を探ったが、坂井が帰った様子はなかった。

「実は、山崎家でも動きがあってな。このままにしておけないので、華町どのたちに話しに来たのだ」

豊島の顔には、思い詰めたような色があった。

「何があったのだ」

「一昨日、田沢が屋敷に見えたのだ」

豊島が言った。

「それで、どうした」

「お、奥方の佳乃さまとふたりで、寝所にいた殿と会い、菊江さまに婿を迎えるよう迫ったらしい」

豊島の声が怒りに震えた。

「その婿はだれだ」

「はっきりしたことは言わなかったらしいが、田沢は重森家の嫡男の名を出したそうだ」

「重森家の嫡男だと」

源九郎は驚かなかった。重森家に、十五、六になる長男と、十二、三になる次男がいると聞いたときから、兄弟のどちらかを菊江の婿に迎えるよう働きかけがあるような気がしたのだ。

「それで、山崎さまはどう答えたのだ」

菅井が訊いた。

「断ったらしいが、奥方がいっしょだったこともあり、強くは言えなかったようだ。それに、殿は病のせいもあって、ちかごろ気が弱くなっておられる」

豊島が眉《まゆ》を寄せて言った。

次に口をひらく者がなく、座敷はいっとき重苦しい雰囲気につつまれていたが、豊島が腹を固めたような顔をし、

「実は、華町どのに頼みがあるのだ」

と、源九郎に目をむけて言った。

「頼みとは」

「殿に会ってもらえまいか」

「山崎さまにか」

「そうだ。殿に会って、重森や田沢が、これまで何をしてきたか、殿に直接話してもらいたいのだ。重森や田沢たちが、おはまどのや長太郎に何をしたか話せば、殿にも重森や田沢の悪謀《たくらみ》が分かるはずだ」

豊島の声には、思いつめたようなひびきがあった。

「承知した」

源九郎も、重森や田沢のやり方は腹に据えかねていた。ふたりがおはまと長太郎に対し、何をしてきたかありのままに話せば、山崎も分かってくれるだろう。

「それで、いつ」

源九郎が訊いた。

「早い方がいい。明日は、どうだろうか」

「明日、うかがおう」

源九郎も、山崎が菊江に婿を迎えるのを承知する前に山崎家を訪ねたいと思った。

二

翌日の朝、源九郎は里中とふたりではぐれ長屋を出た。源九郎は羽織袴姿で、二刀を帯びていた。髭《ひげ》をあたり、髷《まげ》も結いなおしていた。長屋住まいの貧乏牢人のような格好で、山崎に会うわけにはいかなかったのだ。

孫六たちだけでなく、おはまと長太郎、それにお熊たちまで路地木戸から出て見送ってくれた。まるで、長屋の命運を担ってでもいるような扱いである。

源九郎たちが、山崎家の門前に立つと、すぐにくぐり戸があいて、豊島が姿を見せた。門の近くで、源九郎たちを待っていたらしい。

豊島が源九郎と里中を連れていったのは、屋敷の奥の中庭に面した客間だった。

源九郎と里中は座敷に座して山崎を待ったが、なかなか姿を見せなかった。源九郎が、山崎は病が重く、客間に出られないのではないかと思い始めたとき、廊下を歩く足音がして障子があいた。

姿を見せたのは、初老の男だった。羽織に小袖姿だったが、一目で病身であることが知れた。よろよろした歩き方で、背後に付き添った豊島が体を支えていた。ひどく痩せて頰がこけ、目が落ち窪《おちくぼ》んでいる。

初老の男は、上座に座ると、

「や、山崎庄右衛門だ……」

と、声を震わせて名乗った。

「華町源九郎にございます」

源九郎は、名だけ口にした。長屋暮らしの隠居とは、言えなかったのである。

「おはまと、長太郎を助けてくれたそうだな」

山崎は、源九郎にちいさく頭を下げた。豊島から、源九郎たちが何をしたか聞いているのだろう。

「重森家と田沢家の者に、何度も襲われました。このままでは、おはまどのと長太郎は、守りきれませぬ」

源九郎ははっきりと言った。

「な、なんということだ……」

山崎は驚いたような顔をしたが、すぐに苦悶《くもん》の表情に変わり、体を顫《ふる》わせた。

あらためて、重森と田沢たちのあくどい手口を知り、切羽詰まった状況であることが分かったのだろう。

「重森たちは、おはまどのと長太郎の命を奪うために、今後も悪辣《あくらつ》な手を使ってくるとみております」

源九郎は、重森たちが長屋の子供をふたり攫《さら》って人質にとり、おはまと長太郎

と交換するよう迫ったことを話し、

「長屋の子が監禁されていたのが、重森の屋敷だったのです。何とか、長屋の子供は助け出しましたが、今後はどうなるか」

そう言い添えて、おはまと長太郎が危機に置かれていると、さらに強調した。

「う、うぬ……」

山崎の顔が憤怒にゆがみ、膝の上で握り締めた拳がワナワナと震えた。

そのとき、山崎の脇で黙って話を聞いていた豊島が、

「殿、長太郎さまを、屋敷にお迎えしたらどうでしょうか。このままでは、おはまさまと長太郎さまとお会いすることは、できなくなるかもしれませぬ」

山崎は、長太郎さま、おはまさまと呼んだ。長太郎を跡取りとして、屋敷に迎えるよう山崎に訴える気持ちから、そう呼んだのであろう。

山崎は体を顫わせ、虚空を睨《にら》むように見すえていたが、

「お、奥には、可哀相だが、それしかないな」

と、つぶやくような声で言った。

山崎は、おはまと長太郎を屋敷に迎えれば、奥方の佳乃の立場がなくなることを懸念していたようなのだ。

「殿、奥方と菊江さまには、これまでどおり屋敷で暮らしていただいたらどうでしょうか。おはまさまと長太郎さまは、おふたりを蔑《ないがし》ろにするようなことはなさらないはずです」

豊島の声は、静かだが重いひびきがあった。

「そうだな」

山崎の表情が、いくぶんやわらぎ、

「おはまと長太郎を屋敷に呼ぼう」

と、はっきりした声で言った。

それからいっときして、山崎は源九郎にあらためて礼の言葉を口にした後、豊島に支えられて座敷から出ていった。寝室にもどったのだろう。

しばらくして座敷にもどってきた豊島は、懐から袱紗《ふくさ》包みを取り出し、

「これは、殿のお気持ちでござる。殿は、寝所にもどられても、華町どのたちに何度も感謝の言葉を口にされておられた」

そう言って、源九郎の膝先に袱紗包みを置いた。

袱紗包みの膨らみ具合からみて、切餅《きりもち》が四つ、百両包んであるようだ。以前と同じ金額である。山崎は源九郎から様子を聞いて、源九郎たちがおはまと長太郎

を守るために命を賭《か》けて闘ってくれたことを知り、新たに礼をする気になったのだろう。

「これは、長屋のみんなで使わせていただく」

そう言って、源九郎は袱紗包みを手にした。

源九郎の胸の内には、この百両は、源九郎たち用心棒と呼ばれる七人で分けるのではなく、長屋のみんなに渡そう、という思いがあった。此度《こたび》の件は、庄吉とおたけが攫われたこともあり、長屋の住人の多くがそれなりの方法で、重森や坂井たちと闘ったといっていいのである。

源九郎は袱紗包みを懐にしまった後、

「もうひとつ、豊島どのに話しておくことがある」

と、声をあらためて言った。

「何かな」

「重森と田沢でござる。おはまと長太郎が、山崎家の屋敷に入ったとしても、ふたりがこのまま手を引くとは、思えんのだ。いまも、重森は田沢家に身をひそめているようだし、頭格として一味の者たちを動かしている坂井も田沢家にいるのではあるまいか」

「うむ……」

豊島の顔がけわしくなった。

「重森と田沢を討たねば、始末がつかぬとみている」

源九郎が強いひびきのある声で言った。

三

源九郎は長屋にもどると、菅井たち六人を集めて、山崎家で話したことを伝え、

「礼として、あらためて百両もらったのだ。この金は、長屋のみんなに分けようと思うのだが、どうかな」

と、言い添えた。

「それがいい。今度ばかりは、長屋のみんながいなければ、どうにもならなかったからな」

孫六が言うと、他の五人も承知した。だれもが、おはまと長太郎を守るために長屋の住人が尽力してくれたことは承知していたのだ。

そして、この場の話が済み次第、孫六、茂次、平太、三太郎の四人が手分けし

て長屋をまわることになった。

山崎家でもらった百両の話が済むと、

「これで、始末がついたわけではないぞ。まだ、これからだ。坂井、重森、田沢の三人が残っているからな。……田沢家に仕えている家士を使えば、いつでも長屋に踏み込んでこられる」

源九郎が声をあらためて言った。

「どうする」

菅井が訊いた。

「坂井たちが仕掛けてくるのを待つ手はない。わしらが、先手をとろう」

「重森家のときのように、田沢家を襲うのか」

「いや、田沢家はむずかしい。田沢家は非役とはいえ四百石の旗本だからな。家士や奉公人が何人もいるはずだ。それに、わしは坂井と重森もいるとみているのだ」

源九郎は、屋敷に踏み込めば、田沢や重森を討つどころか返り討ちに遭《あ》う恐れもあると思った。

「では、どうする」

安田が顔をけわしくして訊いた。

「屋敷から出てくるのを待つしかないな」

源九郎は、田沢はともかく、重森と坂井は屋敷に長くとどまっていることはないとみていた。重森には自分の屋敷があり、家族が残っていた。坂井も長者町に妾《めかけ》と思われるおきぬがいる。ふたりは様子を見て、それぞれの家にもどるはずだ。

「田沢家を見張りやすすか」

茂次が言った。

「手分けして張り込もう。どちらかが屋敷を出たとき、襲うのだ」

源九郎は、まず、わしが行く、と言った後、

「菅井、どうだ。いっしょに行かぬか」

と、声をかけた。重森にしろ坂井にしろ、ひとりで田沢家の屋敷から出てくることは考えられない。ふたりいっしょか、田沢家の家士を連れて出るか。いずれにしろ、源九郎ひとりでは後れをとるだろう。

「いいだろう。将棋盤持参というわけにはいかないが、華町につきあおう」

菅井が、顔をひきしめて言った。

その後の話で、八人は二組に分かれることになった。源九郎、菅井、孫六、三太郎の四人。また別の組が、安田、里中、茂次、平太の四人である。そして、交替で小川町《おがわちょう》の一ツ橋通りにある田沢家の屋敷を見張り、討つ機会があれば、四人で討つことになったのだ。

翌日、源九郎たち四人は、昼食を早目にとってはぐれ長屋を出た。四人が一ツ橋通りに入ったのは、陽が西の空にまわりかけたころである。通り沿いには、大名屋敷、大身《たいしん》の旗本屋敷などが並んでいた。多くの供を従えた騎馬《きば》の旗本、旗本屋敷に奉公する中間《ちゅうげん》、家士などが通りかかる。

「四、五百石の旗本屋敷はないな」

菅井が通り沿いの屋敷に目をやって言った。

「訊いた方が早《はえ》え」

そう言って、孫六は源九郎たちから離れ、通りかかったふたり連れの中間を呼びとめて話を聞いた

孫六は、すぐにもどってきた。

「そこの四辻《よつつじ》を、左手に入ってすぐのところにあるそうですぜ」

孫六が通りの先を指差して言った。

半町ほど先に、四辻があった。源九郎たちは四辻にむかい、左手に入った。通り沿いには、大小の旗本屋敷がつづいていた。家禄が、四、五百石ほどと思われる旗本屋敷もあった。

「あれではないか」

菅井が指差した。

四辻を入ってすぐのところに、片番所付きの長屋門があった。門番もいるらしい。四百石前後の旗本屋敷である。

源九郎が通りかかった中間連れの武士に訊くと、田沢家の屋敷とのことだった。

「さて、どこで見張るか」

源九郎が通りの左右に目をやって言った。

田沢家の斜向《はす》かいに、築地塀《ついじべい》で囲われた旗本屋敷があった。家禄、五、六百石と思われる屋敷である。

「塀の陰で、見張るか」

築地塀の脇に、裏手にまわる細い道があった。そこから見張れば、田沢家の門前が見えるだろう。

源九郎たちは、築地塀の陰にまわった。それから、源九郎たちは陽が沈み、西の空が夕焼けに染まるころまで見張ったが、重森も坂井も姿を見せなかった。ただ、張り込みは無駄ではなかった。田沢家の表門の脇のくぐりから出てきた中間に孫六が話を訊き、屋敷内に重森と坂井がいることが分かったのだ。

翌日、安田たち四人が、源九郎たちと同じ場所で田沢家を見張ったが、姿を見せたのは中間や若党などの奉公人だけだった。

張り込みを始めて三日目だった。源九郎たち四人が、築地塀の陰に身を隠して、小半刻（三十分）ほどしたとき、田沢家の表門の脇のくぐりから、数人の武士が姿を見せた。

「出てきた！」

孫六が声を上げた。

くぐりから出てきたのは、四人の武士だった。坂井と重森、他のふたりは初めて目にする武士だった。田沢家に仕える家士かもしれない。

四人は、門前通りを四辻の方へむかった。

「尾《つ》けるぞ」

源九郎が声をかけ、四人は築地塀の陰から出た。

四

四人の武士は四辻を左手に折れ、神田川の方へ足をむけた。

まだ、陽は高かった。八ツ半（午後三時）ごろではあるまいか。通り沿いに、大小の旗本屋敷がつづいていた。行き交うひとは、供連れの旗本が多かった。

源九郎たちは、前を行く坂井たちから一町ほども間をとり、四人がかたまらずに歩いた。孫六と三太郎は、五、六間先を歩いている。坂井たちが振り返っても、気付かれないようにしたのだ。

「華町、どうする。寂しい通りに出たら襲うか」

歩きながら、菅井が訊いた。

「わしらだけで、四人を襲うのは無理だ。返り討ちに遭う」

敵は、武士四人だった。味方も四人だが、孫六と三太郎は、刀を手にした武士が相手では勝負にならない。それに、坂井と重森は遣い手だった。源九郎たちが、後れをとることは分かっていた。

「おれたちは、跡を尾けるだけか」

菅井が不服そうな顔をした。

「いや、坂井か、重森か、どちらか一方を討つ」

源九郎は、四人がどこへ向かっているのか分からなかったが、どこかで別れるとみた。そのとき、一方を襲って討ち取るつもりだった。行き先によっては、さらにもうひとりも狙えるかもしれない。

坂井たち四人は、旗本屋敷のつづく表通りを北にむかい、神田川沿いの通りに出た。水道橋の近くである。

坂井たち四人は、水道橋を渡り始めた。

「どこへ行く気だ」

菅井が言った。

「重森の屋敷かもしれんぞ」

水道橋を渡り、武家地のつづく通りを東方にむかえば、重森家の屋敷のある本郷へ出られる。

そんなやりとりをしながら、源九郎と菅井も水道橋を渡り始めた。

坂井たちは橋を渡ると、神田川沿いの道を湯島の方へすこし歩いてから、二手に分かれた。

「おい、二手に分かれたぞ」

菅井が足を速めて言った。

見ると、坂井だけが川沿いを湯島にむかい、重森とふたりの武士は、左手の通りに入った。その通りは、本郷へ通じている。

「ふたりは、それぞれの住処《すみか》にむかったのだ」

源九郎も足を速めた。

坂井の住処のある長者町は、湯島の先にある。重森家の屋敷は、左手の通りの先の本郷にあるのだ。

「坂井を狙うか」

源九郎が言った。

「いや、重森がいい」

「重森たちは三人だぞ」

源九郎は、武士三人が相手では後れをとるとみたのだ。

「おれが、抜き打ちにひとりしとめる。その後、ふたりでひとりずつやればいい」

菅井が目をひからせて言った。菅井は、三人でもふたりと同じだと言いたいらしい。

「承知した」

源九郎が言った。菅井が居合を遣えば、ふたりの武士を相手にすることができそうだ。それに、うまく三人の始末がつけば、はぐれ長屋への帰りに長者町へ立ち寄って、坂井も討てるかもしれない。

源九郎と菅井は小走りになり、前を行く孫六たちに追いついて重森たち三人を尾けるよう指示した。

前を行く重森たちは、本郷へつづく道を歩いていく。通り沿いには、小身《しょうしん》の旗本屋敷や御家人の屋敷がつづいていたが、人影はだいぶすくなくなった。ときおり、御家人ふうの武士や中間などが通りかかるだけである。

「この辺りで、仕掛けるか」

源九郎が菅井に声をかけた。

「よし、おれが、やつらの前に出る」

そう言って、菅井は右手の路地に走り込んだ。路地をたどって重森たちの前に出るらしい。この辺りは、細い路地が縦横につづいていたのだ。

源九郎も足を速めた。孫六と三太郎は、源九郎についてきた。

源九郎がしばらく足早に歩くと、前を行く重森たちとの間が迫ってきた。まだ、重森たちは気付いていない。重森たちの前方遠くに、菅井の姿が見えた。

源九郎が、重森たちに半町ほど近寄っただろうか。重森たちの前方遠くに、菅

源九郎はさらに足を速めた。菅井も、こちらにむかって歩きだした。そのとき、重森たちの足がとまった。前から来る菅井に気付いたらしい。重森たち三人は、その場に立ったまま動かなかった。菅井ひとりなので、討ち取れるとみたのだろう。

そのとき、重森のそばにいたひとりの武士が、背後を振り返った。源九郎の足音を耳にしたようだ。

「後ろからも来た！」

振り返った武士が、声を上げた。

重森ともうひとりの武士も、振り返った。三人の武士は戸惑うように周囲に目をやったが、逃げる素振りは見せなかった。もっとも、付近に逃げ込む脇道がなかったのだ。

菅井と源九郎は、前後から重森たち三人に迫った。

「ふたりを討ち取れ！」

重森が叫んだ。

すると、重森の前にいたふたりの武士が、抜刀した。重森も刀を抜き、踵《きびす》を返して源九郎に体をむけた。

源九郎は重森との間が十間ほどに迫ると、足をとめてからゆっくりとした歩調で重森に近付いた。呼吸をととのえるためである。急ぎ足できたため、息が上がったのだ。

一方、菅井はふたりの武士との間合が五、六間に迫ると、左手で刀の鯉口《こいぐち》を切り、右手で柄《つか》を握った。居合の抜刀体勢をとったのである。

ふたりの武士のうちのひとり、眉の濃い武士が一歩前に出て青眼に構えた。もうひとりの中背の武士は、菅井の左手にまわり込んできた。

五

菅井は居合の抜刀体勢をとり、スルスルと前に出た。

眉の濃い武士は青眼に構え、切っ先を菅井の目線につけたまま間合をつめてきた。

菅井は眉の濃い武士との間合が三間ほどに迫ると、

イヤアッ！

と、裂帛《れっぱく》の気合を発し、素早い動きで居合の抜き付けの間合へ踏み込んだ。

一瞬、眉の濃い武士は、身を引こうとし左足を後ろへ引いた。刹那《せつな》、シャッ、という刀身の鞘走《さやばし》る音がし、閃光《せんこう》が逆袈裟《ぎゃくげさ》にはしった。

迅《はや》い！

咄嗟《とっさ》に、眉の濃い武士は、居合の抜き付けの一刀を受けようとして刀を振り上げたが間に合わなかった。

ザクリ、と眉の濃い武士の胸から肩にかけて小袖が裂けた。あらわになった肌に血の線がはしった次の瞬間、血飛沫《ちしぶき》が飛び散った。

眉の濃い武士は、血を撒《ま》きながら後ろへよろめいた。

すぐに、菅井は左手にまわった中背の武士に体をむけた。中背の武士が、踏み込んできたのを察知したのだ。

中背の武士は八相に構え、摺《す》り足で菅井に迫ってきた。全身に斬撃の気が満ちている。中背の武士は菅井が居合を遣うと知り、抜刀した菅井を見て、いまなら、斬れる、と踏んだのだろう。

菅井は刀身を引いて脇構えにとった。納刀している間は、なかったのである。

ただ、菅井は脇構えから、居合の呼吸で斬り込むことができた。

このとき、源九郎は重森と対峙《たいじ》していた。源九郎は八相にとり、重森は青眼に構えていた。

ふたりの間合は、およそ三間——。まだ一足一刀の斬撃の間境の外である。

重森の眉の濃い顔が、恐怖でゆがんでいた。源九郎が重森の屋敷で目にした顔と同じである。

……気が乱れている！

と、源九郎はみた。

重森の剣尖《けんせん》は、源九郎の目線にむけられていたが、切っ先がかすかに上下していた。気の昂《たかぶ》りで、肩に力が入っているせいである。

「いくぞ！」

源九郎は八相に構えたまま、摺り足で重森との間合をつめ始めた。

重森は身を引いた。源九郎の八相の構えに威圧を感じたのだろう。かまわず、源九郎は間合をつめていく。

ふいに、重森の動きがとまった。背後に武家屋敷の築地塀が迫り、これ以上さがれなくなったのだ。

源九郎と重森の間合が、一足一刀の斬撃の間境に迫っていく。

間合が狭まるにつれ、源九郎の全身に気勢がみなぎり、斬撃の気配が高まってきた。

源九郎が斬撃の間境にあと一歩のところまで迫ったとき、ふいに重森の全身に斬撃の気がはしった。源九郎の威圧に耐えられなくなったのだ。

タアリャッ！

重森が甲走《かんばし》った気合を発して斬り込んできた。

青眼から振りかぶりざま真っ向へ——。

刹那、源九郎の体が躍り、閃光がはしった。

八相から袈裟へ——。

真っ向と袈裟。二筋の閃光が眼前で合致し、ふたりの刀身が弾き合って火花が散った。次の瞬間、重森の体が傾き、体勢がくずれた。源九郎の腰の入った強い斬撃に押されたのである。

この一瞬の隙を源九郎がとらえた。

トオッ！

鋭い気合を発し、源九郎が真っ向へ斬り下ろした。

源九郎の切っ先が、重森の真額をとらえた。鈍い骨音がし、重森の額から鼻筋にかけて血の線がはしり、額が割れて血と脳漿《のうしょう》が飛び散った。

重森は血飛沫を上げながらよろめき、腰からくずれるように倒れた。悲鳴も呻《うめ》き声も上げなかった。

重森は地面に俯《うつぶ》せに倒れ、四肢を痙攣《けいれん》させていたが、いっときすると動かなくなった。絶命したようである。

源九郎は菅井に目を転じた。助太刀に入ろうと思ったのだが、その場から動かなかった。

ちょうど、菅井と対峙していた中背の武士が斬り込んだところだった。

八相から真っ向へ――。

刹那、菅井は右手に一歩踏み込みざま、脇構えから横に刀身を払った。一瞬の太刀捌《たちさば》きである。

武士の切っ先が、菅井の肩先をかすめて空を切り、菅井のそれは武士の脇腹を横にえぐった。

武士が呻き声を上げ、足をとめて左手で脇腹を押さえた。すかさず菅井が踏み込み、二の太刀をはなつと、切っ先が武士の首をとらえた。俊敏な動きである。

武士の首から血が赤い帯のようにはしった。首の血管《ちくだ》から一気に噴出した血が、赤い帯のように見えたのだ。

武士は血を噴出させながら転倒した。地面に倒れた武士の体が顫《ふる》えていたが、手足は動かなかった。意識はないらしい。いっときすると、首からの出血はわずかになり、細く赤い糸のように流れ落ちるだけになった。

源九郎は菅井に走り寄り、

「見事だ」

と、声をかけた。

菅井は返り血を浴びた顔を手の甲で擦りながら、

「おぬしもな」

と言って、源九郎に斬られて横たわっている重森に目をやった。

そこへ、孫六と三太郎が走り寄ってきた。

「やっぱり、旦那たちは強《つえ》えや」

孫六が感心したように言うと、

「まったくだ。旦那たちがいっしょなら、どこへ行っても怖くねえ」

三太郎が目を剝《む》いて声を上げた。

源九郎たちは、三人の死体を路傍まで運んでからその場を離れた。道のなかほどに放置したのでは、通りの邪魔になるとみたからである。

源九郎たち四人は、武家屋敷のつづく通りをたどって中山道へ出た。そして、湯島の聖堂のある方にいっとき歩いた後、左手の通りに入った。その通りをたどれば、湯島天神の前を抜けて御成街道に出られるはずである。

源九郎たちは、長者町へ立ち寄って坂井を討つつもりだった。源九郎たちが長者町に入ったのは、暮れ六ツ（午後六時）を過ぎてからだった。坂井の家のある路地は、淡い夕闇に染まっていた。

坂井の家の戸口から淡い灯《ひ》が洩《も》れていた。だれかいるらしい。

「坂井は、いるかな」

源九郎が声をひそめて言った。

「あっしが見てきやす」

孫六がそう言って、その場を離れた。

孫六は吹き抜け門から入り、戸口に身を寄せていたが、いっときすると、もどってきた。

「どうだ、坂井はいたか」

すぐに、源九郎が訊いた。

「おきぬしか、いませんぜ」

孫六は、戸口の板戸の隙間からなかを覗《のぞ》いて見たという。

土間の先の座敷に、年増《としま》の姿があった。年増は箱膳を前にし、ひとりでめしを食っていたそうだ。

「おきぬしかいないのか」

源九郎が残念そうな顔をした。坂井はおきぬの許に立ち寄っただけで、どこかへ出かけたようである。

源九郎たちはその場を離れると、はぐれ長屋に足をむけた。歩きながら、源九郎は小川町にある田沢家を見張り、田沢と坂井が姿を見せたときに討つしかない、と思った。

六

はぐれ長屋の路地木戸の近くに、長屋の女房連中や子供たちが集まっていた。

今日は、おはまと長太郎が、長屋を出て山崎家へ行く日である。

源九郎たちが重森を討った翌日、豊島が長屋に姿を見せ、おはまと長太郎に、明日、山崎家の屋敷に来るように話した。

そのとき、豊島は駕籠《かご》を用意すると言ったが、おはまは断った。長太郎とふたりで、駿河台まで歩いていくつもりだったのだ。

屋敷からの迎えは豊島と家士ふたり、それに中間がふたりだった。中間に、おはまたちの荷物を持たせるのだ。荷物といっても、身の回りの物がわずかにあるだけである。

迎えの人数がすくなかったのは、おはまが大袈裟《おおげさ》になるのを嫌い、ふたりだけで行くと話したからだ。

そうはいっても、ふたりだけで行くわけにはいかない。途中、坂井たちに襲われる恐れがあったのだ。

長屋にいた里中も同行することになったが、源九郎はそれでも足りないと思った。坂井たちが襲うとすれば、長屋にむかった豊島たちの戦力を見た上で、仕掛けてくるとみたのである。

それで、源九郎、菅井、安田の三人が、豊島たちの一行からすこし間をとって歩き、山崎家の屋敷まで警護することになった。源九郎は、坂井たちを討ついい機会だと思った。ここで、一気に始末をつけられるかもしれない。

さらに、源九郎は、孫六、茂次、三太郎、平太の四人にも、一行からすこし離れて歩くように話した。孫六たちは、坂井たちとの闘いにくわわるわけではない。襲撃者のなかに逃げた者がいれば、跡を尾けて行き先をつきとめるのである。

「来たよ、おはまさんと長太郎さんだよ」

おまつが、うわずった声で言った。

豊島と里中の後ろに、おはまと長太郎の姿があった。ふたりは、長屋に来たときの格好をしていた。おはまは、小袖に紺の帯という地味な身装《みなり》で、長太郎は武士の子のような格好だった。ただ、ふたりの顔は、そのときとちがっていた。多少、不安そうな色はあったが、目が輝いていた。

おはまと長太郎の背後には、豊島に同行してきたふたりの家士がついていた。ふたりの家士は緊張した顔付きをしていた。胸の内には、坂井たちに襲撃されるかもしれないという恐れがあるようだ。

「おはまさん、嬉しそうだね」

お熊が言うと、集まった長屋の者たちから「おはまさん、綺麗《きれい》！」「お別れだね」という女たちの声に混じって、「長太郎さん、刀を差してるぞ！」「お侍みたいだ！」などという子供たちの声が起こった。

「参りましょうか」

豊島がおはまに声をかけると、

「みなさん、お世話になりました。この御恩は忘れません」

おはまが涙声で言って、見送りにきた長屋の者たちに頭を下げると、

「おれも、忘れないぞ」

長太郎が頰を紅潮させて言い、おはまといっしょに頭を下げた。

豊島と里中につづいて、おはまと長太郎は路地木戸に足をむけた。長屋の住人たちが、ぞろぞろとついてきた。

菅井、安田、茂次、三太郎の四人が、おはまたちの一行より、先に路地木戸を出た。斥候《せっこう》役である。一方、源九郎、孫六、平太の三人は、一行の背後についた。

このとき、長屋の路地木戸に目をむけているふたりの武士がいた。小袖に袴姿

で、二刀を帯びている。ふたりは路地木戸から一町ほど離れたところにあった八百屋の脇から、路地木戸に目をむけていた。

ふたりは阿部道場の門弟だった男で、名は黒木《くろき》昌次郎《しようじろう》と山川新平《やまかわしんぺい》だった。ふたりは御家人の冷や飯食いで、坂井と同門だった。それで、坂井から話があり、仲間にくわわったのだが、田沢から相応の金を受け取っていた。

黒木は、菅井たち四人が路地木戸から出るのを目にすると、

「おい、あやつ菅井ではないか」

と、山川に声をかけた。黒木は菅井の長髪を見たのである。

「四人の後ろから、女と子供がくるぞ」

山川が言った。

「駿河台にむかう一行だ」

「おれが、坂井どのに知らせる」

山川がすぐにその場を離れた。

後に残った黒木は八百屋の裏手の方へ移動して身を隠し、おはまたちの一行が通り過ぎるのを待ってから路地に出た。そして、おはまたち一行を尾け始めた。

おはまたちの背後を歩いていた孫六が、後ろから歩いてくる武士に気付き、

「旦那、後ろの侍、ずっと尾けてきやすぜ」

と、源九郎に身を寄せて言った。

源九郎はそれとなく背後に目をやり、羽織袴姿の武士を目にとめた。

「まだ、何とも言えんな」

源九郎は、武士に見覚えがなかった。身辺に殺気があるような気がしたが、坂井たちの仲間かどうかはっきりしなかった。

源九郎たちは、おはまたち一行からすこし遅れて竪川沿いの道に出ると、大川の方へ足をむけた。

「後ろの侍、まだ尾けてきやす」

孫六が言った。

背後から来る武士も、大川の方へ足をむけたのだ。武士は、源九郎たちにだいぶ近付いていた。竪川沿いの通りは人通りが多く、近付いても気付かれる恐れがないと踏んだのであろう。

源九郎たちが、竪川にかかる一ツ目橋のたもとを過ぎて半町ほど歩いたとき、いっしょにいた平太が振り返り、

「あの侍、橋のたもとで何人もと話している」

と、うわずった声で言った。

源九郎は振り返って、一ツ目橋のたもとに目をやった。

背後から尾けてきた武士が、五人の武士を前にして何やら話していた。五人のなかほどに、初老の武士がいた。その武士は、羽織袴姿だった。長身瘦軀《そうく》である。

……田沢豊右衛門ではないか！

と、源九郎は思った。

豊島から、田沢は初老で長身瘦軀と聞いていたのだ。

「こっちに来る！」

平太が言った。

田沢と五人の武士は、大川の方へ足をむけた。豊島たちに気付かれないように、すこし離れて歩いている。

「総出で、くるな」

源九郎の顔がひきしまった。

源九郎は、田沢が自ら乗り出してくるとは思わなかった。おそらく、坂井たちとどこかでいっしょになり、おはまたちを襲うつもりなのだろう。田沢たちは、今日がおはまたちを討つ最後の機会とみているようだ。

「何としても、おはまと長太郎を守らねばならぬ」

田沢たちにむけられた源九郎の双眸《そうぼう》が、射るようなひかりを帯びている。

七

おはまたちの一行は両国橋を渡り、柳原通りに出た。通りは賑わっていた。道沿いには古着を売る床店が並び、大勢のひとが行き交っている。

源九郎は、おはまたち一行にすこし近付き、背後に目を配りながら歩いた。田沢たち六人は、半町ほどの間をとったまま歩いてくる。

……この通りで、襲うことはない。

と、源九郎はみていた。人通りの多い賑やかな通りは避けて、人影のない寂しい通りに入ってから仕掛けてくるだろう。

源九郎は平太に身を寄せ、一行の前にいる菅井に、後ろから田沢と五人の武士が尾けてくることを伝えるよう指示した。

「合点だ」

平太は足早に源九郎たちから離れた。すっとび平太と呼ばれるほどの駿足《しゅんそく》だが、背後の田沢たちに気付かれないように足早に歩いた。それでも速く、いっときするとおはまたち一行を追い越し、前を歩いている菅井たちに追いついた。

菅井は平太から話を聞くと、

「田沢まで、出てきたか。……華町にな、背後からの攻撃に備えるように話してくれ」

と、顔をひきしめて言った。

平太は路傍に身を寄せ、源九郎たちが来るのを待った。

やがて、おはまたちの一行は、人出の多い昌平橋のたもとを過ぎて、神田川沿いの道に入った。ここまで来ると、急に人通りがすくなくなった。右手に神田川が流れ、左手は旗本屋敷がつづいていた。山崎家のある駿河台まで、もうすこしである。

……襲うとすれば、この通りだ。

と、源九郎はみた。

源九郎は足を速めて、おはまたちの一行に近付いた。前方の菅井たちはすこし足を遅くし、おはまたちに近付いていた。源九郎と菅井は田沢や坂井たちの襲撃に備えて、おはまたちの前後をかためたのである。

いっとき歩くと、右手に太田姫稲荷の杜《もり》が見えてきた。

「やつらが、近付いてくる！」

孫六がうわずった声を出し、後方を指差した。

見ると、五人の武士が小走りになって迫ってくる。田沢だけが足を遅くし、五人の武士と離れた。どうやら、田沢自身は闘いにくわわらないようだ。

「孫六、平太、田沢を見逃すな」

田沢は己が指図したことが露見しないように、おはまたちを襲うのを遠くから見るつもりなのだ。恐らく、襲撃後その場から姿を消すだろう。

孫六たちは、初めから闘いにはくわわらないことになっていたので、田沢を見張ることはできる。

「へい」

孫六と平太は路傍に身を寄せ、岸際に群生していた葦《あし》の陰に身を隠した。

おはまたち一行に近付いた菅井と安田は、通りの前方や左右に目をやりながら歩いた。茂次と三太郎は、菅井たちのすぐ後ろにいた。

菅井が前方右手にある稲荷の杜に目をやったとき、赤い鳥居から飛び出してくる人影が見えた。ふたりだった。二刀を帯びた武士である。ふたりの武士は、足早に菅井たちに近付いてくる。

「やつらか！」

菅井は声を上げたが、ふたりだけで襲うとは思えなかった。

「あそこだ！」

安田が左手にあった旗本屋敷の築地塀を指差した。

築地塀の陰から、別の男たちが飛び出してきた。三人――。いずれも武士である。三人のなかに、坂井の姿もあった。稲荷から飛び出してきたふたりをくわえると、総勢五人になる。

「出た！」

茂次が叫び、背後に走った。おはまたちの一行に知らせるのだ。

「おはまさまと、長太郎さまを守れ！」

豊島が叫び、長太郎の前に立った。

里中とふたりの武士が、おはまと長太郎を取り囲むように立った。そこへ、源九郎もくわわり、背後から来る五人にそなえた。

敵は、源九郎たちが思っていたより多かった。前方から五人、背後から五人。総勢十人である。

菅井と安田は、おはまたち一行から五間ほど離れた場所で、坂井たち五人が走り寄るのを待った。そこで、食い止めようと思ったのだ。

坂井たち五人は抜刀し、抜き身を手にしたまま一気に菅井たちに迫ってきた。

菅井は居合の抜刀体勢をとり、坂井たちが近付くのを待った。細い目がつり上がり、顔が紅潮していた。般若《はんにゃ》のような顔である。

武士のひとりが、菅井の前まで来ると八相に構え、

「そこをどけ！」

叫びざま、いきなり斬りかかってきた。菅井が居合を遣うと知らなかったのかもしれない。

イヤアッ！

菅井の鋭い気合がひびき、閃光が逆袈裟にはしった。

次の瞬間、武士の胸の小袖が斜に裂け、あらわになった肌に血の線がはしった。菅井の神速の居合の抜き付けの一刀をあびたのである。

ギャッ！　という絶叫をあげ、武士はよろめき、血を撒きながら転倒した。

一方、安田も青眼に構えて前から迫ってきた武士に迫り、いきなり踏み込んで袈裟に斬りつけた。牽制も気攻めもない唐突な仕掛けである。

武士は驚いたように足をとめ、刀身を振り上げて安田の斬撃を受けた。だが、安田の強い斬撃に押されて後ろへよろめいた。

「もらった！」

叫びざま、安田は踏み込み、刀を横一文字に払った。

真っ向から横一文字へ――。一瞬の連続技である。

ザクリ、と武士の脇腹が横に裂けた。赤くひらいた傷口から、臓腑《ぞうふ》が覗いている。武士はよろめきながら腹を押さえた。

安田は脇腹を斬った武士にかまわず、別の武士に切っ先をむけ、

「かかってこい！」

と、叫んだ。顔が赭黒《あかぐろ》く染まり、双眸が猛虎のように爛々《らんらん》とひかっている。

武士は恐怖に顔をゆがめて、後じさった。

これを見た坂井は、もうひとりの武士に、

「ふたりにかまわず、おはまと長太郎を斬れ！」

と声をかけ、刀を引っ提げておはまたち一行に迫った。
すぐに、菅井が坂井と武士の後を追った。

八

源九郎、里中、それにふたりの家士が、背後から走り寄った五人の武士に立ちむかった。豊島はおはまと長太郎の前に立って、ふたりを守っている。また、前方から走り寄った茂次と三太郎も匕首《あいくち》を手にして、おはまと長太郎のそばに立った。ふたりは、必死の形相だった。刀を手にした敵から、おはまと長太郎を守らねばならない。

「斬れ！　おんなと子供だ」

五人のなかの長身の武士が叫んだ。三十代半ばであろうか。五人のなかの頭《かしら》格《かく》のようだった。

源九郎は抜き身を手にしたまま五人が近付くのを待ち、三間ほどに迫ると、八相に構えて長身の武士に走り寄った。頭格の武士を斃《たお》せば、一気に敵の戦力を殺《そ》ぐことができると踏んだのだ。

突如、走り寄った源九郎を見て、長身の武士は驚いたような顔をして立ち止まった。かまわず、源九郎は一気に走り寄り、長身の武士に斬りかかった。こうした集団戦は速い動きで機先を制することが大事である。

走り寄りざま袈裟へ——。

咄嗟《とっさ》に、長身の武士は身を引いたが、間に合わなかった。

肩から胸にかけて小袖が裂け、あらわになった肌に血の線がはしった。長身の武士は、恐怖に目を剝いて後じさった。

長身の武士の出血はすくなかった。浅手らしい。だが、長身の武士はさらに身を引いた。手にした刀身がワナワナと震えている。

源九郎は長身の武士は追わず、脇にいた若い武士に迫った。

若い武士は、源九郎に切っ先はむけたが、慌てた様子で後じさった。長身の武士が斬られたのを見て、戦意を喪失したらしい。

この間に、三人の武士がおはまたちに走り寄った。すると、里中とふたりの家士が、近付いてきた三人の武士に立ちむかった。

里中が鋭い気合を発し、前に立った武士に斬り込んだ。間を置かず、一気に斬りつけたのだ。里中も源九郎と同様、先手をとったのである。

里中の袈裟に斬り込んだ切っ先が、武士の右肩を斬り裂いた。武士が逃げようとして反転した一瞬をとらえたのである。

悲鳴を上げて、武士は逃げた。浅手だったが、恐怖を覚えたらしい。

そこへ、源九郎が走り寄った。

これを見たふたりの武士は後じさり、反転すると、抜き身を手にしたまま逃げだした。

「引け！　引け！」

坂井が叫んだ。

おはまたちのそばに残ったのは、坂井ともうひとりの武士だけである。

坂井と武士は、刀を振りかざしながら必死の形相でその場から逃げた。ふたりは菅井たちから逃れるために、神田川の岸際を走った。

菅井と安田は坂井たちを追ったが、途中で足をとめた。ふたりの逃げ足が速く、追いつけないとみたのである。それに、今日の目的は、無事におはまと長太郎を山崎家の屋敷まで、送りとどけることにあった。

「大事ないか」

源九郎が、おはまと長太郎に訊いた。

「は、はい、わたしと長太郎は無事です」

おはまが、声を震わせて言った。よほど怖かったと見え、顔が蒼《あお》ざめ、体が顫えている。長太郎も目を剝いて体を硬くしていたが、怯《おび》えの色はなかった。豊島や源九郎たちが多勢で守っていたので、あまり怖くなかったのかもしれない。

「田沢の手の者だな」

豊島が昂った声で、田沢と呼び捨てにした。田沢のやり方が、腹に据えかねたのだろう。

「田沢はおはまどのと長太郎を、山崎家に入れまいとしたようだ」

源九郎は、田沢家に仕える家士と坂井の仲間を集め、ここで最後の闘いを仕掛けたのではないかと思った。

「田沢の姿はなかったが」

豊島が通りの先に目をやって言った。

「いや、田沢はこの近くまで来ていたのだ。いまごろ、孫六と平太が、田沢の跡を尾けているかもしれん」

源九郎はそう言って、来た道を振り返った。

遠方に、平太の姿が見えた。こちらに走ってくる。駿足である。見る間に、平太の姿が大きくなり、源九郎たちのそばに走り寄った。

「どうした、平太」

すぐに、源九郎が訊いた。

「た、田沢が、昌平橋の方へむかいやした」

平太が、荒い息を吐きながらしゃべった。

田沢は遠方の物陰から坂井たちと源九郎たちの闘いの様子を見ていたが、坂井たちが逃げたのを見ると、物陰から出て昌平橋の方へむかったという。

「孫六は、どうした」

「いま、尾けてやす」

「遠くへはいくまい。……平太、追うぞ」

田沢は、小川町の自分の屋敷へむかったのではないかと思った。

そのとき、脇で聞いていた里中が、

「小川町の田沢家の屋敷近くへ、先回りしたらどうでしょうか」

と、身を乗り出して言った。

「道筋が分かるか」

「分かります」

「案内を頼む」

里中は、豊島に「華町どのたちと、小川町にむかいます」と言って、先にたった。

すると、菅井が「おれも行く」と声を上げ、里中の後を追ってきた。

里中の先導で、源九郎、菅井、平太の三人が、足早に昌平橋の方にむかった。

里中は、二町ほど歩くと、

「こっちです」

と言って、右手の通りへ入った。そこは、通り沿いに旗本屋敷がつづいていた。小川町に通じているらしい。

第六章　逆　襲

一

源九郎、菅井、里中の三人は、旗本屋敷の築地塀《ついじべい》の陰にいた。源九郎たちが身を隠している旗本屋敷の前の通りを二町ほど行くと、田沢家の屋敷がある。

そこの通り沿いに、家禄が、四、五百石と思われる旗本屋敷がつづいていた。通りの人影はすくなく、供連れの騎馬《きば》の旗本や旗本に仕える家士らしい男などが、ときおり通りかかるだけである。

源九郎たちは、田沢豊右衛門が来るのを待っていた。里中の先導で、近道を通ってこの場に来ていたのだ。

源九郎はこの機を逃せば、田沢を討つのはむずかしくなるとみていた。それに、田沢をここで討たねば、山崎家におはまと長太郎が入った後でも、田沢は何か手を打ってくるのではないかと思ったのである。

「そろそろ、来てもいいころだな」

　源九郎が、通りの先に目をやって言った。

「おい、平太が来るぞ」

　菅井が通りを指差した。

　通りの先に目をやると、平太が見えた。こちらに走ってくる。平太は、通りの先で田沢が来るのを待っていたのである。

「田沢たちが来ます」

　平太が声高に言った。

「ひとりか」

「三人です」

　平太が、田沢といっしょにふたりの武士がこちらに向かってくると言い添えた。

「逃げたふたりだな」

　菅井が言った。坂井とともに、おはまたちを襲った武士のなかに逃げた者が何人かいたのだ。

「こちらも、刀を持った者が三人いる。ここで、田沢たち三人を仕留めよう」

源九郎は、菅井、里中との三人なら、後れをとることはないとみた。

「ところで、孫六は」

源九郎が訊《き》いた。

「田沢たちの跡を尾《つ》けてきやす」

平太が声高に言った。

「よし、手筈《てはず》どおりだ。菅井、後ろへまわってくれ」

源九郎たちは、田沢たちを逃がさぬように挟み撃ちにするつもりだった。

菅井は、すぐにその場を離れた。菅井は隣の旗本屋敷の板塀の陰に身を隠し、田沢たちをやり過ごしてから、背後へまわるのだ。

菅井がその場を離れていっときすると、通りの先に人影が見えた。三人――。いずれも武士である。

「田沢たちだ」

里中が言った。

三人の武士は、田沢とふたりの家士らしい。田沢の体軀《たいく》から、遠目にもそれと知れた。三人は、足早にこちらに歩いてくる。三人の後方、遠方に孫六らしい男の姿が見えた。ここまで、田沢たちの後を尾けてきたようだ。

「わしが、田沢を斬る」

源九郎が言うと、

「それがしは、家士のひとりを」

里中が顔をひきしめて言った。

しだいに、田沢たち三人の姿が近付いてきた。三人は何か話しながら歩いてくる。

源九郎と里中は、田沢たちが二十間ほどに近付いたとき、築地塀の陰から通りのなかほどに出た。

ふいに、田沢たち三人は足をとめた。源九郎と里中の姿を目にしたらしい。

「おれたちを襲ったふたりだ！」

家士のひとりが、叫んだ。

源九郎と里中は、足早に三人に近付いた。三人は逃げようとはせず、逡《しゅん》巡《じゅん》するような素振りを見せた。相手はふたりで、しかもひとりは年寄りだったからだろう。

い。

「やつは、華町だ。遣い手だぞ」

家士のひとりが、声高に言った。どうやら、源九郎のことを知っているらしい。

それを聞いた田沢は、反転して逃げようとした。だが、田沢はその場から動かなかった。背後から迫ってくる菅井の姿を目にしたからだ。

「挟み撃ちだ！」

別の家士が叫んだ。

田沢たち三人は、旗本屋敷の築地塀を背にして立った。背後から攻撃されるのを防ごうとしたらしい。

田沢たちの左右から、源九郎、里中、菅井の三人が走り寄った。

「田沢、おぬしの相手は、わしだ」

源九郎は、田沢の前に立った。

菅井と里中は、それぞれ家士と対峙《たいじ》した。

「お、おぬしは、華町か」

田沢が声を震わせて訊いた。

「いかにも」

源九郎は刀の柄《つか》に右手を添えた。

「よ、よせ、金ならいくらでも出すぞ」

田沢は後じさりながら言った。源九郎たちのことを長屋の住人と聞いていたのだろう。それで、金さえ出せばどうにでもなると思ったのかもしれない。

「抜け！　田沢」

源九郎は刀を抜いた。

田沢の顔がひき攣《つ》ったようにゆがんだ。田沢は刀を手にせず、さらに後じさったが、踵《かかと》が築地塀に接して下がれなくなった。

「このまま斬るぞ」

そう言って、源九郎が田沢の胸元に切っ先をむけた。

田沢は、柄に手をかけて刀を抜いた。そして、切っ先を源九郎にむけたが、構えになっていなかった。腰が浮き、刀身がワナワナと震えている。

「いくぞ！」

源九郎が一歩踏み込んだ。

すると、田沢は、キエッ！　キエッ！　と、気合とも悲鳴ともつかぬ声を発し、腕だけ前に伸ばして刀を上下に振り出した。恐怖で、錯乱しているらしい。

源九郎はさらに一歩踏み込み、タアッ！　と鋭い気合を発して袈裟《けさ》に斬り込んだ。その切っ先が、源九郎の斬撃から逃れようとして背後に身を反らせた田沢の肩をとらえた。

源九郎の切っ先が、田沢の肩から胸のあたりまで食い込んだ。膂力《りょりょく》のこもった斬撃である。

田沢は呻《うめ》き声を上げながら後ろへ逃げようとしたが、築地塀に背が当たり、動けなくなった。肩の傷口から飛び散った血が築地塀を赤く染めていく。

田沢の赤くひらいた傷口から、截断《せつだん》された鎖骨が白く見えた。心ノ臓近くまで達する深い傷である。

田沢は、血を撒《ま》きながら腰からくずれるように転倒した。地面に伏臥《ふくが》した田沢は四肢を動かし、呻き声を上げながら顔を上げようとしたが、頭がわずかに持ち上がっただけだった。田沢は地面に伏臥したまま苦しげな呻き声を洩《も》らしていたが、いっときすると動かなくなった。

この間、菅井と里中もふたりの家士を斬っていた。ひとりは菅井の居合で、首を刎《は》ねられたらしく、血塗《ちまみ》れになって仰向けに倒れていた。首が折れたように横を向いている。もうひとりは里中に斬られ、築地塀の前にへたり込んでいた。首を垂れたまま動かない。こちらも絶命しているようだ。

「長居は無用。引き上げよう」

源九郎が菅井と里中に声をかけた。

二

「華町、将棋でもやるか」

菅井が生欠伸《なまあくび》を噛み殺して言った。

源九郎たちが、田沢たちを討った三日後だった。源九郎の家に、菅井と安田が来ていた。

孫六たちの姿はなかった。源九郎たちは、坂井を討たなければ、始末はつかないとみていた。それで、田沢たちを討った翌日から、孫六、平太、茂次、三太郎の四人がふたりずつ組になり、交替で長者町にある坂井の塒《ねぐら》を探りに行っていたのだ。今日は、孫六と平太が長者町に行っているはずである。

源九郎たちは、かならず坂井は長者町にもどってくるとみていた。源九郎たちが重森と田沢を討ちとったことで、坂井の塒は長者町しかなくなったはずである。

ここ三日間、菅井と安田は仕事に行かず、長屋にとどまっていた。孫六たちから、坂井が長者町の塒に帰っている、との連絡があり次第、源九郎たちは坂井を討ちにいくつもりでいたのだ。

当初、源九郎は菅井とふたりで行くつもりでいたが、安田が、おれもくわわると言い出し、三人で行くことになったのだ。

今日も四ツ（午前十時）ごろ、菅井と安田が源九郎の家に顔を出した。それからしばらく三人で茶を飲んでいたが、菅井は将棋がやりたくなったようだ。

「菅井、孫六と平太は朝から長者町まで出かけているのだぞ。わしらが、将棋をやって遊んでいるわけにはいくまい」

源九郎が言った。源九郎も退屈だったので、将棋も悪くないと思ったのだが、菅井は将棋をやり始めると、きりがないのだ。それに、いつ孫六たちから知らせが来るか、分からない。

「そ、そうだな」

菅井が渋い顔をして冷めた茶をすすった。

そのとき、戸口に走り寄る足音が聞こえた。源九郎は、その足音に聞き覚えがあった。平太らしい。

「旦那！」

戸口のむこうで平太の声がし、すぐに腰高障子があいた。

「どうした、平太」

源九郎が、土間に入ってきた平太に訊いた。

「坂井がいやす、おきぬのところに」

平太が昂《たかぶ》った声で言った。

「いるか」

「へい」

平太によると、今朝早く孫六とふたりで長者町に出かけ、坂井の住む借家の斜《はす》向かいにある下駄《げた》屋の美駒屋で、親爺《おやじ》に訊くと、坂井は家に帰っているようですぜ、と教えてくれたという。

念のため、平太と孫六が借家をかこった板塀の陰に身を隠して聞き耳をたてると、家のなかでおきぬと坂井の声が聞こえたという。

「おきぬが、坂井の名を口にしたんで、まちげえねえ」

平太が言い添えた。

「それで、孫六は」

源九郎が訊いた。

「借家を見張っていやす」

「よし、行こう」

源九郎が言うと、菅井と安田もすぐにその気になり、三人は座敷に置いてあった刀を手にした。

源九郎たち三人は平太とともにはぐれ長屋を出ると、長者町にむかった。源九郎たちが長者町に着いたのは、陽が西の空にまわってからだった。七ツ（午後四時）ごろかもしれない。

孫六は美駒屋の脇にいた。そこから、借家を見張っていたらしい。孫六は源九郎たちの姿を見ると、走り寄り、

「待ってやしたぜ」

と、うわずった声で言った。

「坂井はいるか」

すぐに、源九郎が訊いた。

「いやす、おきぬといっしょでさァ」

孫六が口早にしゃべったことによると、坂井は四ツ半（午前十一時）ごろ、借

家から出たという。孫六が坂井の跡を尾けると、坂井は御成街道沿いにある一膳めし屋に入り、半刻（一時間）ほどいて、借家にもどったそうだ。

「やつは、昼めしを食いにいったんでさァ」

孫六が言い添えた。

「よし、坂井を外に連れ出そう」

源九郎は、坂井と家の外で立ち合うつもりでいた。

「華町どの、ひとりでやる気か」

安田が訊いた。安田の顔がひきしまり、双眸《そうぼう》が鋭いひかりを宿している。安田の胸の内には、坂井と立ち合う気があったのだろう。

「わしにやらせてくれ。一ツ目橋で、坂井と切っ先を合わせたときから、いつか決着をつけたいと思っていたのだ」

源九郎が言うと、脇にいた菅井が、

「華町、坂井との立ち合いの様子を見て、おれも仕掛けるぞ。目の前で、華町が斬られるのを見てるわけにはいかないからな」

と、平然として言った。

「おれも、踏み込む」

すぐに、安田が言い添えた。

「勝手にしろ」

源九郎は、菅井と安田をとめることはできないと思った。ふたりとも、坂井と立ち合う気で来ていたのだ。

源九郎は、路地に面した簡素な吹き抜け門を通り、借家の戸口に立った。門といっても、門から戸口まで二間ほどしかなかった。

菅井と安田は吹き抜け門から入らず、門の両脇に立っていた。孫六と平太は、板塀に身を寄せている。

源九郎が戸口に身を寄せると、家のなかからくぐもったような話し声が聞こえた。男と女の声である。男の声は、聞き覚えのある坂井のものだった。

源九郎は戸口の板戸をあけた。土間の先に狭い板間があり、その奥が座敷になっていた。座敷に坂井と年増《としま》の姿があった。年増が銚子を手にしている。坂井の膝先に、箱膳が置いてあった。どうやら、坂井はおきぬを相手に酒を飲んでいたらしい。

三

「華町か」

坂井が源九郎を見すえて言った。顔が酒気を帯びて赭黒《あかぐろ》く染まり、双眸が底びかりしていた。

おきぬは何も言わなかったが、源九郎に不安そうな目をむけている。

「田沢も斬った。残るのは、おぬしひとりだ」

源九郎は、左手で刀の鯉口《こいぐち》を切った。刀を抜く構えを見せて、坂井に闘いを挑んだのである。

「やるしかないようだな」

坂井は傍らに置いてあった刀をつかんで立ち上がった。

「おまえさん、何をするんだい」

おきぬが、声を震わせて訊いた。

「ここで、待っていろ。すぐにもどる」

坂井は腰に大刀を帯びると、どこでやる、と小声で訊いた。

「家の前の路地しかあるまい」

戸口と吹き抜け門との間は狭過ぎて、立ち合いにはむかなかった。家の前の路地しかないだろう。

「よかろう」

坂井は源九郎につづいて戸口に出た。

源九郎は木戸門近くに足をとめて踵《きびす》を返すと、坂井に目をむけ、

「立ち合う前に、訊いておきたいことがある」

と、声をあらためて言った。

「なんだ」

坂井も足をとめた。

「おぬし、なぜ重森や田沢に味方したのだ」

源九郎は、坂井と重森が剣術道場で知りあい、おはまと長太郎を討つことにくわわったと聞いていたが、坂井が中核になって、おはまと長太郎を殺そうとしていたようにみえたのだ。

「金だ」

ぼそりと、坂井が言った。

「金だけではあるまい」

「それに、田沢どのから、うまくいけば仕官できるとも聞いていた」

坂井は、隠さずに話した。すでに、重森も田沢も殺されていたので、隠す必要はないと思ったのだろう。

「どういうことだ」

「田沢どのの話では、いずれ山崎家を思いどおりに動かし、幕閣との繫《つな》がりができれば、田沢どのや重森どのも仕官がかない、相応の役柄に就けるとのことだった。そうすれば、おれたちの仕官の道もひらけると口にしていたが、遠い夢のような話だ。おれは、信じてはいなかったがな」

坂井の口許に自嘲《じちよう》するような嗤《わら》いが浮かんだ。

「そういうことか」

源九郎は坂井だけでなく、重森と田沢の胸の内も分かった。重森と田沢は、山崎家の正室である佳乃と娘の菊江の立場を、守ってやろうとしただけではなかったのだ。重森家の嫡男を山崎家の婿にやり、山崎家を継がせれば、重森と田沢は山崎家を思いのままに動かせる。実質的に山崎家を乗っ取ることになるのだ。そうすれば、山崎家とつながりのある幕閣への働きかけができるとみたのだろう。

「外に出るぞ」

そう言って、坂井が吹き抜け門から路地に出たとき、門の脇にいた菅井と安田を目にした。

「騙《だま》し討ちか！」

坂井が、目をつり上げて叫んだ。

「ふたりは、検分役だ。もっとも、わしが後れをとったら、おぬしに挑んでくるかもしれんがな」

「おのれ！」

坂井が足をとめて、刀の柄に手をかけた。

源九郎は坂井と相対すると、ゆっくりとした動作で刀を抜いた。

ふたりの間合は、およそ三間半――。

まだ、一足一刀の斬撃の間境の外である。

坂井は八相に構えた。両肘を高くとり、刀身を垂直にたてて切っ先を天空にむけている。その大柄な体とあいまって、大樹を思わせるような大きな構えだった。

源九郎は青眼に構えた後、やや切っ先を上げ、坂井の左拳につけた。八相に対応する構えだが、受け身になりやすい。源九郎は己から攻めるために全身に気勢を込めて、斬撃の気配をみせた。

坂井は動かず、気魄《きはく》で攻めていたが、

「行くぞ！」

と声を上げ、足裏で地面を擦るようにして源九郎との間合をつめてきた。坂井の寄り身には、巨岩が迫ってくるような威圧感があった。

対する源九郎は、動かなかった。気を静めたまま、坂井との間合と気の動きを読んでいる。

……迂闊《うかつ》に受けられぬぞ！

と、源九郎は頭のどこかで思った。

坂井の八相からの斬撃は、膂力のこもった剛剣とみなければならない。迂闊に受けると、受けた刀ごと押し下げられて斬られる恐れがあった。坂井の斬撃を躱《かわ》すか、受け流すしかないだろう。

坂井は、ジリジリと斬撃の間境に迫ってきた。全身に気勢がみなぎり、いまにも斬り込んできそうな気配がある。

ふいに、坂井の寄り身がとまった。斬撃の間境まで、あと一歩のところである。

……この遠間《とおま》から、仕掛けるのか！

と、源九郎は頭のどこかで思った。

刹那《せつな》、坂井の全身に斬撃の気がはしり、大柄な体が膨れ上がったように見えた。源九郎の目に、坂井の体が巨岩のように映じた。

イヤアッ！

坂井が裂帛《れっぱく》の気合を発して、斬り込んできた。

八相から袈裟へ——。稲妻のような閃光《せんこう》がはしった。

間髪をいれず、源九郎は右手に跳びざま刀身を横に払った。一瞬の反応である。

サクッ、と源九郎の小袖の左の肩先が裂けた。坂井の切っ先がとらえたのである。だが、肌まではとどかなかった。

一方、坂井の小袖の脇腹が横に裂けていた。こちらも、露《あらわ》になった肌に血の色はなかった。

ふたりは大きく間合をとり、ふたたび八相と青眼に構え合った。

「初太刀は、互角か」

坂井が源九郎を見すえて言った。

「そうかな」

確かに、初太刀は互いに相手の着物を斬っただけである。ただ、源九郎は互角とは思わなかった。源九郎は、坂井の斬撃の太刀筋を感知してから動いたのだ。次は、斬撃の気配を察知した瞬間に動くことができるかもしれない。

「まいる！」

今度は、源九郎が先《せん》をとった。

青眼に構え、剣尖《けんせん》を坂井の左拳につけたまま間合をつめ始めた。

すると、坂井も動いた。足裏を摺《す》るようにして、源九郎との間合をつめてきた。

ふたりの間合が、一気にせばまってきた。間合が斬撃の間境に近付くにつれ、ふたりの全身に斬撃の気配が高まってきた。いまにも、斬り込んできそうである。

ふいに、ふたりはほぼ同時に寄り身をとめた。まだ、一足一刀の斬撃の間境の一歩手前だった。

そのとき、坂井の全身に斬撃の気配が見えた。瞬間、源九郎はわずかに身を引いた。体が反応したのである。

刹那、坂井の全身が膨れ上がったように見え、
イヤアッ！

と、坂井が裂帛の気合を発し、体を躍らせた。

八相から真っ向へ——。閃光がはしった。坂井は袈裟ではなく真っ向へ斬り込んできたのだ。

咄嗟《とっさ》に、源九郎は一歩身を引いた。刹那、坂井の切っ先が、青眼に構えた源九郎の右手をかすめて空を切った。源九郎が坂井の斬撃に合わせて一歩引いたため、一寸の差で坂井の切っ先がとどかなかったのだ。

源九郎は、坂井の斬撃をかわした瞬間、
タアッ！

と鋭い気合を発し、坂井の籠手《こて》を狙って突き込むように斬り込んだ。

ザクッ、と坂井の右の前腕が裂けた。次の瞬間、坂井は背後に大きく跳んだ。

源九郎の二の太刀を避けたのである。

だが、源九郎はすばやい動きで坂井に身を寄せると、鋭い気合とともに斬り込んだ。

籠手から真っ向へ——。一瞬の連続技である。

　坂井は、源九郎の真っ向への斬撃を躱す間がなかった。咄嗟に、切っ先を避けようとして首をかしげただけである。

　源九郎の切っ先が、坂井の首をとらえた。切っ先が首を斬り裂き、傷口が赤くひらいた瞬間、血が驟雨《しゅうう》のように飛び散った。源九郎の切っ先が、坂井の首の血管《ちくだ》を斬ったのだ。

　坂井は血を撒きながらよろめいたが、ふいに前につんのめるように倒れた。爪先を何かにひっかけたらしい。

　俯《うつぶ》せに倒れた坂井は、血を撒き散らしながら四肢を動かしていたが、いっときすると動かなくなった。出血が収まり、首筋からわずかに流れ落ちるだけになった。坂井の体はぐったりとなり、喘《あえ》ぎ声も聞こえなくなった。息絶えたようである。

　源九郎は血刀を引っ提げて坂井の脇に立ち、

「……歳のせいだな」

と、つぶやいた。そして、源九郎は心ノ臓の動悸《どうき》を鎮めるために、ひとつ大きく息を吐いた。胸の高鳴りがしだいに静まり、体中を駆け巡っていた血の滾《たぎ》りが収まってきた。

そこへ、菅井と安田が走り寄った。

「華町どの、お見事!」

安田が声をかけると、

「おれたちの出番はなかったな」

と、菅井が言った。菅井の顔には、安堵《あんど》の色があった。

源九郎たち三人が坂井の死体に目をやっているところへ、孫六と平太が駆け寄った。ふたりは驚いたような顔をして、血塗《ちまみ》れになった坂井に目をむけ、

「やっぱり華町の旦那は、強《つえ》えや!」

平太が声を上げた。

孫六も感嘆の声を口にした後、

「こいつ、どうしやす」

と、源九郎たちに目をむけて訊いた。

「路地に置いたままでは、通りの邪魔になるな。門のなかへ運んでおこう」

源九郎が言った。

「へい」

源九郎たち五人は、坂井の遺体を吹き抜け門のなかへ運び込んでからその場を

離れた。

　五人が門から出て、路地を歩き始めたとき、背後で甲高い女の悲鳴が聞こえた。おきぬが、坂井の死体を目にしたようだ。

　源九郎たちは、振り返っただけで足をとめなかった。

四

「華町、久し振りだな」

　菅井がニンマリして言った。

　源九郎と菅井の膝先に将棋盤が置いてあり、駒が並べてあった。その将棋盤の脇に飯櫃《めしびつ》があり、なかに握りめしと小皿に載せた薄く切ったたくわんが入っていた。菅井が用意したのである。

　今朝は、朝から小雨が降っていた。菅井は生業《なりわい》にしている居合抜きの見世物に行けず、将棋を指すために握りめし持参で、源九郎の家へやってきたのだ。菅井は、源九郎が朝めしを炊かないことを知っていて、雨のときは、握りめしを持って将棋を指しに来ることが多かったのだ。

「菅井の握りめしも、久し振りだ」

そう言って、源九郎は飯櫃の握りめしに手を伸ばした。

源九郎たちが、坂井を斬ってから十日ほど過ぎていた。この間、晴天がつづき、菅井は連日、両国広小路に居合の見世物に出ていて源九郎のところに顔を見せなかったのだ。

「さァ、やるぞ」

菅井が腕捲《うでまく》りをして、将棋盤に目をやった。

「さァ、食うぞ」

源九郎は、握りめしにかぶりついた。

それから、源九郎と菅井は一刻（二時間）ほど将棋を指した。形勢は、大きく菅井にかたむいていた。あと、十手ほどで源九郎が詰むかもしれない。源九郎は握りめしを食いながら指していたので、将棋に身が入らなかったのだ。

……そろそろ、本気で指すか。

源九郎が胸の内でつぶやいた。飯櫃のなかは、空だった。握りめしもたくわんもふたりで、食べ終えたのだ。

源九郎が真剣な顔をして将棋盤に目をやったとき、戸口に近付いてくる複数の足音がした。雨がやんだのか、雨音は聞こえなかった。

「華町どの、いるか」

腰高障子の向こうで安田の声がした。

「いるぞ。入ってくれ」

源九郎が声をかけると、腰高障子があいた。

戸口に立った安田の背後に、ふたりの武士の姿が見えた。豊島と里中である。

ふたりは傘をさしていなかった。雨は上がっていて、空が明るくなっている。

安田につづいて、豊島と里中が土間に入ってきた。

「将棋でござるか」

豊島が将棋盤に目をやって笑みを浮べた。

「い、いや、いま、終ったところだ」

源九郎はそう言った後、「菅井、この勝負は、おれの負けだ」と菅井に顔をむけて小声で言った。

「そうだな、もう四、五手で詰むからな」

菅井が胸を張った。
四、五手ではなく、どんなにうまく指しても十手ほどかかるが、源九郎が、「さすが、菅井だ。読みが深い」そう言って、将棋盤の駒をかたづけ始めた。

「上がってくれ。将棋は、終わったところだ」

源九郎が、土間に立っている三人に声をかけた。豊島と里中は、何か話があって長屋に来たとみたのである。

「遠慮なく、上がらせてもらうぞ」

安田がそう言い、豊島と里中を座敷に上げた。

安田たち三人は将棋盤の近くに腰を下ろすと、

「華町どののたち長屋のみんなに、おはまさまと長太郎さまのその後の様子を話しておこうと思ってな。ふたりで、まいったのだ」

豊島が言うと、脇に座った里中がちいさくうなずいた。豊島は、おはまさま、長太郎さまと呼んだ。長太郎を山崎家を継ぐ男子としてみているからであろう。

「それで、ふたりの様子は」

すぐに、源九郎が訊いた。

源九郎だけでなく、菅井や安田はむろんのこと、長屋の住人たちの多くが、おはまと長太郎はどうしているか、気になっていたのである。

「おふたりとも、元気だ。……長太郎さまは殿に懐いてな、父上と呼び、生まれたときから屋敷内で育った子のように過ごしておられる」

豊島の声には、ほっとしたようなひびきがあった。

「おはまは、どうかな」

源九郎は、長屋にいたときと同じようにおはまと呼んだ。

「おはまさまも、元気で過ごしておられる。……屋敷の暮らしに慣れない様子も見られるが、まだ、屋敷に入られて十日ほどだからな」

豊島は、小声で、じきに慣れて旗本の奥方らしくなられよう、と言い添えた。

「佳乃どのとお子は、どうしているかな」

源九郎は、正室の佳乃と菊江のことも気になっていた。

「おふたりも、これまでの暮らしと変わらないが……」

豊島はそう言って、口をつぐんだ後、

「おふたりは、部屋に籠《こも》ったままほとんど出てこないのだ」

と、眉《まゆ》を寄せて言い添えた。

「仕方ないな。おはまと長太郎が屋敷に入った上に、頼みにしていた田沢と重森が殺されたのだからな」

源九郎は、まだ八歳の菊江はともかく、山崎家の屋敷に佳乃の居場所はないのではないかと思った。

「奥方だが、身のまわりの世話をしている奥女中のひとりに、仏門に入りたいと洩らしたそうだよ」

豊島が声をひそめて言った。

「うむ……」

源九郎は何も言わなかったが、佳乃が出家するかどうかはともかく、山崎家にとどまるより、屋敷を出た方がいいのではないかと思った。

座敷が重苦しい沈黙につつまれたとき、

「山崎さまは、どうなのだ」

と、菅井が豊島に訊いた。

「殿は、奥方にも気をつかわれ、これまでと変わらずに接しておられるようだ」

「そうか」

菅井がうなずいた。

「それで、わしらが田沢と重森を討ち取ったこともご存じなのだな」

源九郎が声をあらためて訊いた。

「日をあらためて、それがしから殿にお話しした」

豊島によると、山崎は、「こうなったのも、天罰だな」と語気を強くして言った後、「長屋の者たちのお蔭で、始末がついたわけか」と言って、ほっとした顔をしたという。

「そうしたこともあり、それがしと里中とで、あらためてお礼に伺《うかが》ったのだが、おはまさまからも、長屋のみなさんに、お礼を言って欲しいと頼まれているのだ」

豊島がその場にいた源九郎、菅井、安田の三人に目をやり、あらためて頭を下げると、脇に座していた里中が、

「それがしも、華町どのたち長屋のみなさんに大変お世話になり、感謝しております」

と言って、深々と頭を下げた。

それから、源九郎たちは豊島と、おはまと長太郎の将来や山崎の病状などを話した後、

「これで、失礼しよう」

と豊島が言って、里中とともに腰を上げた。

源九郎、菅井、安田の三人は、長屋の路地木戸まで出て豊島と里中を見送った。ふたりの後ろ姿が、路地の先に遠ざかったとき、

「さァ、やるぞ」

菅井が声を上げた。

「何をやるのだ」

源九郎が訊いた。

「将棋だよ。将棋」

「うむ……」

源九郎は渋い顔をしたが、やらないとは言えなかった。握りめしをご馳走《ちそう》になった手前、一局だけというわけにはいかなかったのだ。源九郎は、二、三局付き合い、午後になったら、久し振りにお吟のいる浜乃屋にでも顔を出してみようと思った。まだ、懐は暖かったのである。

「それがしは、これにて」

安田が踵を返して、歩きだそうとすると、

「待て」

と言って、菅井が安田の肩をつかみ、

「三人だ。三人で、交替してやるのだ」

と、ニンマリして言った。

安田は源九郎と顔を見合わせ、「どうせ、やることはないのだ、付き合います か」と首をすくめて言った。

双葉文庫

と-12-50

はぐれ長屋《ながや》の用心棒《ようじんぼう》

七人《しちにん》の用心棒《ようじんぼう》

2017年4月16日　第1刷発行

【著者】
鳥羽亮《とばりょう》

【発行者】
稲垣潔

【発行所】
株式会社双葉社
〒162-8540 東京都新宿区東五軒町3番28号
[電話] 03-5261-4818(営業)　03-5261-4833(編集)
www.futabasha.co.jp
(双葉社の書籍・コミックが買えます)

【印刷所】
慶昌堂印刷株式会社

【製本所】
株式会社若林製本工場

【表紙・扉絵】南伸坊
【フォーマット・デザイン】日下潤一
【フォーマットデジタル印字】飯塚隆士

落丁・乱丁の場合は送料双葉社負担でお取り替えいたします。
「製作部」宛にお送りください。
ただし、古書店で購入したものについてはお取り替えできません。
[電話] 03-5261-4822(製作部)

定価はカバーに表示してあります。

ISBN978-4-575-66822-3 C0193
Printed in Japan

鳥羽亮

はぐれ長屋の用心棒

すっとび平太

長編時代小説〈書き下ろし〉

華町源九郎たち行きつけの飲み屋で客二人と賄いのお峰が惨殺された。下手人探索が進むにつれ、闇の世界を牛耳る大悪党が浮上する！

鳥羽亮

はぐれ長屋の用心棒

老骨秘剣

長編時代小説〈書き下ろし〉

老武士と娘を助けたのを機に、出奔した者を上意討ちする助太刀を頼まれた華町源九郎と菅井紋太夫。東燕流の秘剣〝鍔鳴り〟が悪を斬る！

鳥羽亮

はぐれ長屋の用心棒

うつけ奇剣

長編時代小説〈書き下ろし〉

何者かに襲われている神谷道場の者たちを助けた華町源九郎と菅井紋太夫。道場主の妻に亡妻の面影を見た紋太夫は、力になろうとする。

鳥羽亮

はぐれ長屋の用心棒

銀簪《ぎんかんざし》の絆

長編時代小説〈書き下ろし〉

大店狙いの強盗「聖天一味」の魔の手を恐れた長屋の家主「三崎屋」が華町源九郎たちに店の警備を頼んできた。三崎屋を凶賊から守れるか。

鳥羽亮

はぐれ長屋の用心棒

烈火の剣

長編時代小説〈書き下ろし〉

はぐれ長屋に引っ越してきた訳ありの父子。三人の武士に襲われた彼らを助けた華町源九郎たちは、思わぬ騒動に巻き込まれてしまう。

鳥羽亮

はぐれ長屋の用心棒

美剣士騒動

長編時代小説〈書き下ろし〉

敵に追われた侍をはぐれ長屋に匿った源九郎。端整な顔立ちの若侍はたちまち長屋の人気者となるが……。大好評シリーズ第三十弾！

鳥羽亮

はぐれ長屋の用心棒

娘《こ》連れの武士

長編時代小説〈書き下ろし〉

はぐれ長屋に小さな娘を連れた武士がやってきた。源九郎たちは娘を匿うことにするが、どうやら何者かが娘の命を狙っているらしく……。

風野真知雄　**わるじい秘剣帖（一）　じいじだよ**　長編時代小説〈書き下ろし〉

元目付の愛坂桃太郎は、不肖の息子が芸者につくらせた外孫・桃子と偶然出会い、その可愛さにめろめろに。待望の新シリーズ始動！

風野真知雄　**わるじい秘剣帖（二）　ねんねしな**　長編時代小説〈書き下ろし〉

孫の桃子と母親の珠子が住む長屋に越してきた愛坂桃太郎。いよいよ孫の可愛さにでれでれの毎日だが、またもや奇妙な事件が起こり……。

風野真知雄　**わるじい秘剣帖（三）　しっこかい**　長編時代小説〈書き下ろし〉

「越後屋」への嫌がらせの解決に協力することになった愛坂桃太郎は、今日も孫を背中におぶり事件の謎解きに奔走する。シリーズ第三弾！

風野真知雄　**わるじい秘剣帖（四）　ないないば**　長編時代小説〈書き下ろし〉

「越後屋」に脅迫状が届く。差出人はこれまでの嫌がらせの張本人で、店前で殺された男とも深い関係だったようだ。人気シリーズ第四弾！

風野真知雄　**わるじい秘剣帖（五）　なかないで**　長編時代小説〈書き下ろし〉

桃子との関係が叔父の森田利八郎にばれてしまった愛坂桃太郎。事態を危惧した桃太郎は一計を案じ、利八郎を何とか丸めこもうとする。

風野真知雄　**わるじい秘剣帖（六）　おったまげ**　長編時代小説〈書き下ろし〉

越後屋への数々の嫌がらせを終わらせることに成功した愛坂桃太郎だが、今度は桃子の母親・珠子に危難が迫る。大人気シリーズ第六弾！

風野真知雄　**わるじい秘剣帖（七）　やっこらせ**　長編時代小説〈書き下ろし〉

「かわうそ長屋」に犬連れの家族が引っ越してきたが、なぜか犬の方が人間よりいいものを食べている。どうしてそんなことを……？

金子成人	若旦那道中双六《すごろく》【一】 てやんでぇ！	長編時代小説〈書き下ろし〉	厳しい祖父に命じられ東海道をいざ西へ。お気楽若旦那が繰り広げる笑いと涙の珍道中！ 時代劇の大物脚本家が贈る期待の新シリーズ!!
北沢秋	哄《わら》う合戦屋《かっせんや》	長編戦国エンターテインメント	天文十八年、武田と長尾に挟まれた中信濃の名もなき城に、不幸なまでの才を持つ合戦屋がいた……。全国の書店員が絶賛した戦国小説！
北沢秋	奔《はし》る合戦屋《かっせんや》（上・下）	長編戦国エンターテインメント	中信濃の豪将・村上義清の下で台頭する石堂一徹。いかにして孤高の合戦屋は生まれたのか。話題のベストセラー戦国小説第二弾！
経塚丸雄《きょうづかまるお》	旗本金融道（一） 銭が情けの新次郎	長編時代小説〈書き下ろし〉	母の実家の家督を継ぐことになった無学単細胞の新次郎。ところが、そこは利殖と吝嗇の武士道を庭訓とする家だった。注目の新シリーズ！
経塚丸雄《きょうづかまるお》	旗本金融道（二） 銭が仇の新次郎	長編時代小説〈書き下ろし〉	金貸しの主となった榊原新次郎。実家とも断絶状態になるが、そんな折、父から珍しく呼び出され、思わぬ依頼を受ける。シリーズ第二弾！
経塚丸雄《きょうづかまるお》	旗本金融道（三） 馬鹿と情けの新次郎	長編時代小説〈書き下ろし〉	お松との縁組が進まない新次郎に、大目付から婿入りの要請が来る。心揺れる中、榊原家でさらなる騒動が起こる。人気シリーズ第三弾！
経塚丸雄《きょうづかまるお》	旗本金融道（四） 斬るも情けの新次郎	長編時代小説〈書き下ろし〉	祖父の源兵衛から「１００日で７２８両を用立てろ」と厳命された新次郎。許嫁のお松に泣きついたが、色よい返事がもらえない。

鈴木英治

口入屋用心棒30
目利《めき》きの難《なん》

長編時代小説〈書き下ろし〉

江都一の通人、佐賀大左衛門の元に三振りの刀が持ち込まれた。目利きを依頼された大左衛門だったが、その刀が元で災難に見舞われる。

鈴木英治

口入屋用心棒31
徒《かち》目付の指

長編時代小説〈書き下ろし〉

護国寺参りの帰り、小日向東古川町を通りかかった南町同心樺山富士太郎は、頭巾の侍に直之進の亡骸が見つかったと声をかけられ……。

鈴木英治

口入屋用心棒32
三人田《さんにんだ》の怪

長編時代小説〈書き下ろし〉

かつて駿州沼里で同じ道場に通っていた鎌幸に用心棒を依頼された直之進。名刀の贋作売買を生業とする鎌幸の命を狙うのは一体誰なのか？

鈴木英治

口入屋用心棒33
傀儡子《くぐつし》の糸

長編時代小説〈書き下ろし〉

名刀〝三人田〟を所有する鎌幸が姿を消した。湯瀬直之進はその行方を追い始めるが、そんな中、南町奉行所同心の亡骸が発見され……。

鈴木英治

口入屋用心棒34
痴《し》れ者《もの》の果《はて》

長編時代小説〈書き下ろし〉

南町同心樺山富士太郎を護衛していた平川琢ノ介が倒れ、見舞いに駆けつけた湯瀬直之進。だがその様子を不審な男二人が見張っていた。

鈴木英治

口入屋用心棒35
木乃伊《ミイラ》の気

長編時代小説〈書き下ろし〉

湯瀬直之進が突如黒覆面の男に襲われた。さらに秀士館の敷地内から木乃伊が発見される。だがその直後、今度は白骨死体が見つかり……。

鈴木英治

口入屋用心棒36
天下流の友

長編時代小説〈書き下ろし〉

上野寛永寺で、御上覧試合が催されることとなった。駿州沼里家の代表に選ばれた湯瀬直之進の前に、尾張柳生の遣い手が立ちはだかる！